A FELICIDADE OBSCENA

A FELICIDADE

Amanda Brito

OBSCENA

 | TEMPORADA

Copyright © 2021 by Editora Letramento
Copyright © 2021 by Amanda Brito

Diretor Editorial | **Gustavo Abreu**
Diretor Administrativo | **Júnior Gaudereto**
Diretor Financeiro | **Cláudio Macedo**
Logística | **Vinícius Santiago**
Comunicação e Marketing | **Giulia Staar**
Assistente Editorial | **Matteos Moreno e Sarah Júlia Guerra**
Designer Editorial | **Gustavo Zeferino e Luís Otávio Ferreira**
Capista | **Fabio Brust**
Diagramação | **Renata Oliveira**
Revisão | **Ana Duarte**

Todos os direitos reservados.
Não é permitida a reprodução desta obra sem
aprovação do Grupo Editorial Letramento.

Dados Internacionais de Catalogação na Publicação (CIP) de acordo com ISBD

B862f	Brito, Amanda
	A Felicidade Obscena / Amanda Brito. - Belo Horizonte, MG : Letramento ; Temporada, 2021.
	82 p. ; 14cm x 21cm.
	ISBN: 978-65-5932-071-4
	1. Literatura brasileira. 2. Contos. 3. Relação humana. 4. Solidão. 5. Tédio. 6. Rotina. 7. Cotidiano. 8. Felicidade. 9. Alegria. 10. Tristeza. 11. Humor. 12. Ironia. I. Título.
2021-2628	CDD 869.8992301
	CDU 821.134.3(81)-34

Elaborado por Vagner Rodolfo da Silva - CRB-8/9410

Índice para catálogo sistemático:
1. Literatura brasileira : Contos 869.8992301
2. Literatura brasileira : Contos 821.134.3(81)-34

Belo Horizonte - MG
Rua Magnólia, 1086
Bairro Caiçara
CEP 30770-020
Fone 31 3327-5771
contato@editoraletramento.com.br
editoraletramento.com.br
casadodireito.com

Temporada é o selo de novos autores do
Grupo Editorial Letramento

7	PREFÁCIO
9	CONGELADOS
12	A CHAVE
19	CAIXA DOIS
24	O ÚLTIMO ÔNIBUS
28	CARDUME
32	A MULHER SEM NOME
37	SEGUROS
42	A CAIXA DE TELMA
47	A MENINA CHORONA
49	O OMBRO AMIGO
54	A VERGONHA DOS QUE CAEM EM SI
60	ESSA COISA
65	ADULTÉRIO POR ACASO
69	A FELICIDADE OBSCENA
72	O FIM DAS COISAS
81	AGRADECIMENTOS

PREFÁCIO

Existe algo na felicidade que a gente tende a ignorar: sua facilidade de acontecer. Esperamos pelo momento em que ela atravessará nossa porta com um cartaz enorme e letras garrafais anunciando sua chegada. Mas a verdade é mais crua que isso. Ela não anuncia, não grita, não informa. A felicidade se desnuda na nossa frente o tempo todo. Mas nem sempre estamos prontos para enxergar seus vestígios.

A *Felicidade Obscena*, o livro de estreia da Amanda, é uma lupa na realidade não-dita. Seus textos trazem recortes tão cotidianos quanto o café quente dentro de uma xícara, a seção de congelados do supermercado, os relacionamentos que cultivamos - ou não -, o choro e o riso escancarado, a fila do banco, os bares e as inúmeras pessoas que conhecemos ao longo da vida. E é isso que torna a escrita desse livro – *em que você está prestes a mergulhar* — tão singular.

A autora carrega em sua linguagem uma espécie de *déjà vu* literário. É impossível não se enxergar nas histórias, nos conflitos - internos e externos -, nas vontades e nos pensamentos de cada personagem. Sua capacidade de reconstruir o comum é tão feroz que nos causa reações inesperadas.

Em alguns momentos, rimos com o canto da boca, um riso que mistura — em perfeito equilíbrio — a vergonha e a graça dessas vivências obscenas. Em outros, sentimos a realidade rasgar as páginas do livro e nos ensinar a observar o mundo à nossa volta. Ele está sempre acontecendo.

E isso é o que sempre me cativou nas histórias da Amanda: a sua facilidade em traduzir o não-dito em textos cheios de veracidade e sentimentos. A leveza como ela conduz cada trama, adicionando sempre uma pitada de ironia cômica em suas esquinas. E claro, o laço de fita perfeito que ela coloca ao entregar suas ideias para o mundo.

Tenho um imenso orgulho de ler e acompanhar de perto as criações dessa escritora espetacular. E não poderia estar mais feliz ao poder abrir as cortinas do palco literário para ela. Desejo que você, caro leitor ou leitora, sinta-se pronto para mergulhar nesse mar de histórias e constatar, junto comigo, que a felicidade está nos lugares mais improváveis de nós.

Com carinho e admiração, Larissa Campos.

CONGELADOS

Não sabia como tinha ido parar àquela mesa de gente chata; não que ela fosse a mais legal do mundo, mas se já era assim, então não achava justo andar com pessoas mais insuportáveis do que ela. Queria gente bacana para dar um contraste, só que esse tipo parecia estar em falta, suas amigas gente boa estavam todas casadas, a última que se casou estava com um bebê recém-nascido e só conseguiam se encontrar na seção de congelados do Atacadão. Era o único momento em que podia vê-la sem o filho e o marido, e enquanto buscavam os itens da lista de compras, falavam sobre a vida.

Preferia a conversa no meio dos frangos frios a uma no meio daqueles pratos quentes rodeados de gente morna. Mas o que se podia fazer? Não esperaria as crias das melhores amigas crescerem para voltar a se divertir. Então saiu com a turma de uma colega da academia, povo saudável que não comia carboidrato, mas se enchia de uísque.

Na hora em que chegou ao restaurante e viu toda a galera, teve vontade de voltar para casa e assistir ao Globo Repórter, mas não fez isso porque o lugar era bacana, tinha uma decoração bonita e uma música que não dava sono nem raiva. Sentou-se e foi logo pedindo uma porção de batatas fritas, pois se o povo era saudável, ninguém tocaria na sua comida, que ofereceu sem medo, e comeu tudo sozinha.

Tentou interagir, mas sempre que começava um assunto era interrompida, ninguém respeitava seu jeito de falar baixo e a vez de ela comentar nunca chegava. Ficou meio sem saber se estava triste. Não. Não podia estar triste, pois era uma noite quente de sexta-feira e tinha comido batatas fritas. Não era tristeza, mas era desânimo, uma certa preguiça daqueles inícios chatos que todas as amizades têm, o fingimento de interesse pela vida do outro, a empolgação fajuta a respeito do que não a interessa. Teve vontade de ficar bêbada; toda vez que sentia esse desânimo a ânsia por embriaguez lhe atacava. Não podia sempre o realizar, pois se estivesse na fila do banco, onde constantemente lhe chegava esse mesmo sentimento, não poderia sair de lá para se embebedar. Mas se estava em um restaurante numa sexta-feira quente, podia beber com toda a razão.

Disse para a colega que estava com uma vontade louca de ficar bêbada.

— Tem certeza? — perguntou a mulher que nunca a vira embriagada.

— Tenho — respondeu, convicta.

— Que horas são?

— Onze horas — disse a colega olhando para o relógio.

— Tá ótimo, se eu ficar de porre agora, quando for meia-noite e quinze, tô boa de novo. Não vou dar vexame, sou uma bêbada maravilhosa, só fico rindo.

Pediu uma vodca, uma era suficiente. De fato, não dera vexame, apenas sorria e passava a língua nos lábios para sentir o quanto a boca parecia estar anestesiada. As pestanas pesavam uma tonelada e ela se danava a piscar e a sorrir, ria de sentir o vento nos dentes. A tontura relaxante lhe subiu e tudo ficou melhor. Os novos amigos não pareciam tão ruins, pois ela não ouvia mais o que diziam, estavam congelados como os frangos da seção de frios, parados e intactos sem fazerem mal a ninguém.

As piscadas foram se tornando mais leves e o riso menos fácil, percebeu que estava voltando à realidade, mas ainda sentia uma tontura sutil e comedida, como tudo na sua vida, uma embriaguez discreta, exatamente como ela. Aos poucos a lucidez voltava, as vozes ao redor aumentavam, e a preguiça de estar ali também. Foi ao banheiro, não sentiu nada rodar, estava quase inteiramente lúcida. Voltou para a mesa. Agradeceu a todos pela companhia e também por não terem comido sua batata, mas isso ela não falou. Nem tudo o que pensava, falava, e quando tentava, não lhe deixavam.

Chamou o garçom e pagou a sua parte na conta. Trinta e oito reais por uma porção de fritas, um drink e uma mijada no banheiro que cheirava a lavanda. Saiu do restaurante, chamou com a mão um táxi e, já dentro do carro, começou a planejar o que faria com trinta e oito reais no fim de semana seguinte: compraria meio quilo de batatas, uma garrafa de vodca e uma pedra de banheiro com cheiro de lavanda. Em casa, ligou para a amiga e perguntou qual seria o melhor dia para irem juntas ao Atacadão.

A CHAVE

Entre a terceira e a quarta prateleira do mercado português que ficava bem no centro da cidade, uma mulher de chinelo com as unhas dos pés pintadas de vermelho empurrava um carrinho quase vazio. Ela parou na seção de limpeza e pegou três detergentes de maçã. Depois foi até o setor de hortifrúti, olhou ao redor e se deu conta de que todos os clientes estavam acompanhados. Tivera o azar de fazer compras no horário preferido pelos casais.

Ao ver que até para escolher o tipo de papel higiênico as pessoas tinham companhia, começou a repensar se gostava mesmo de ficar só. Até aquele dia, isso não era uma preocupação. O problema é que uma espécie de desespero e cobiça a pegou em cheio.

Enquanto passava meia dúzia de itens no caixa, se distraiu observando a sintonia dos que compravam em dupla, um tirava as mercadorias do carrinho e o outro as embalava, depois dividiam as sacolas e iam felizes para o carro.

Quando ela estava terminando de passar seus produtos, sentiu vontade de peidar. A inveja lhe dava gases. Ficou segurando o pum enquanto colocava as mercadorias em sacos plásticos. Imaginou que se tivesse alguém a ajudando, poderia sair do mercado mais rápido. A barriga começou a fazer ondulações barulhentas. Tentou pensar em outra coisa para distrair o intestino. Demorou para lembrar a senha do cartão de crédito, digitou os seis números, pegou desajeitadamente as compras e saiu. Seguiu pelo corredor que levava ao estacionamento. Quando avistou seu Palio, olhou para os lados e viu um dos casais atrás dela. Precisou novamente se segurar. Foi andando e apertando os esfíncteres, cheia de sacolas, gases e inveja.

No carro, jogou tudo no porta-malas e ficou olhando para as marcas vermelhas que o peso das sacolas tinha deixado em seus braços. Antes de ligar o veículo, deu uma olhada nas redes sociais, e, sem perceber, ficou rolando o dedo na tela, observando a vida alheia por mais de dez minutos. Quando viu a foto do casamento de uma prima que conhecera recém-nascida, lembrou-se de todas as oportunidades de relacionamento que tinha deixado escapar.

Ficou pensando em como estariam aquela meia dúzia de homens nos quais ela fez questão de dar um fora. Se casados, viúvos ou mais feios do que quando ela os conheceu. Não tinha mais contato com nenhum deles, o que naquele momento era uma grande sorte. Depois começou a pensar nos que ela nem sequer tinha dado um fora, porque fugira antes mesmo de alguma coisa acontecer. O último de que conseguiu se lembrar foi um estagiário chamado Gustavo que lhe convidava para tomar café sem açúcar todas as tardes e ela aceitava porque achava interessante o fato de ele ter a mesma idade dela e ainda estar na faculdade. Não conseguia nem ao menos se lembrar da fisionomia do rapaz, porque mal olhava na cara dele enquanto conversavam amenidades, mas tinha certeza de que não era tão feio porque, se o fosse, jamais se esqueceria desse detalhe.

Precisou pedir o número dele para uma amiga do trabalho que, ao enviar o contato avisou que a mãe dele tinha morrido há dois meses. Clara achou a morte um bom pretexto para puxar assunto. Enquanto guardava as compras no armário, ficou pensando no que escreveria para ele.

***

Em uma casa cheia de samambaias e roseiras, um homem de barba malfeita e óculos arredondados lia notícias no celular enquanto bebia um pouco de café amargo. Quando chegou à página policial e viu a quantidade de tragédias que tinham acontecido nas últimas vinte e quatro horas, se deu conta de que os amores, assim como as dores não são exclusividade de ninguém, nenhum sentimento é inédito.

Não aguentou ver mais sofrimento além dos seus, correu para a coluna social e ficou impressionado com a quantidade de pessoas esquisitas e parecidas. Por fim, verificou o horóscopo e viu qual seria a cor ideal para usar: roxo. Teria um bom dia, mas precisava cuidar da saúde e poderia encontrar o amor da sua vida. No trabalho se sairia bem e teria chances de ser promovido. Imaginou a quantidade de pessoas que tinham o mesmo signo que o seu e lhe pareceu pouco provável que todas tivessem um dia tão bom quanto o descrito pelo zodíaco.

O homem fechou o site, bloqueou a tela do celular e foi lavar as louças. Não pôde deixar de lembrar-se de sua mãe, Elba, quando o detergente de maçã, que era seu preferido, começou a exalar o cheiro de limpeza e amor que ela tinha. A espuma que percorria os copos por dentro era a mesma espuma de dor e saudade que atravessava todo o corpo dele. A água se misturava com as suas lágrimas e ele pensou se dali a um ano conseguiria usar detergente de maçã sem chorar, porque naquele momento isso lhe parecia tão difícil.

Quando estava terminando de lavar o último copo, escutou o barulho que mais gostava de ouvir: o de mensagem chegando no celular. Colocou o copo no escorredor, secou as mãos e pegou o aparelho. Leu o texto com a satisfação dos que são lembrados por quem julgava já tê-los esquecido.

"Bom dia, Gustavo. Como vai? Aqui é a Clara, do escritório da Avenida Sete. Fiquei sabendo da partida da sua mãe, sinto muito. Se precisar conversar, estou aqui."

Depois que mandou a mensagem, Clara achou a palavra partida inapropriada, um eufemismo idiota dos ocidentais. Gustavo, ao contrário dela, pareceu não se importar com o termo usado e respondeu dizendo que estava bem. Ele já tinha aprendido que dizer que está mal afasta as pessoas.

Clara queria parecer empática e acolhedora, e depois que ele respondeu dizendo estar bem, foi logo convidando-o para jantar. Novamente se arrependeu porque achou que alguém que tinha perdido a mãe recentemente não sentiria vontade de sair, mas para sua surpresa, o convite foi imediatamente aceito. Ele nem acreditou que tinha sido convidado por Clara, mas lembrou-se do horóscopo e da previsão que dizia que poderia encontrar o amor da sua vida.

Depois da resposta de Gustavo, Clara só pensava no que deixaria de fazer enquanto estivesse com ele. No fundo queria que a resposta tivesse sido não, então poderia voltar tranquilamente para seu casulo e ainda se dar ao direito de ficar indignada com a recusa. O encontro virara uma obrigação para ela, mais uma no meio de tantas que já tinha. E como fazia com todas, tratou de se livrar logo. Marcaram para aquele mesmo dia às 20:00 horas o jantar que ela não sabia se seria romântico, apenas tinha certeza de que o rapaz apresentava algum interesse, ao menos mais do que ela.

Clara foi a primeira a chegar e sentou-se no canto esquerdo da pizzaria que estava quase vazia, a não ser por uma mesa cheia de mulheres que não paravam de falar. Ficou olhando na direção da porta, vez ou outra espiava o celular para ver se tinha alguma mensagem de Gustavo, de preferência dizendo que não poderia ir.

Às 20:18 uma nova mensagem apareceu, nela Gustavo dizia que estava chegando. Clara se ajeitou na cadeira e voltou a olhar para a porta. Um casal entrou de mãos dadas, e atrás deles, um rapaz barbudo todo vestido de roxo caminhava devagar na direção da mesa de Clara. Reconheceu Gustavo pelos óculos. Ela nunca tinha visto um homem todo vestido de roxo, um roxo cor de caixão, e achou que a cor escolhida tinha relação com a morte recente da mãe. Com pena, tentou sorrir para aquele caixão barbudo que se aproximava.

Clara não conseguiu prestar atenção em nada do que Gustavo falou durante os quinze primeiros minutos, e quando finalmente parou de pensar na tonalidade da roupa dele, ficou incomodada porque o rapaz não parava de fazer autoelogios e contar desgraças numa combinação de narcisismo com um quê de vitimismo.

A conversa foi ficando tão chata que, enquanto fingia interesse no que ele falava, prestava atenção nas mulheres barulhentas da mesa ao lado. Elas gargalhavam numa alegria debochada cheia de reclamações, uma disse que não transava há um ano, enquanto a outra dizia não ter mais esperança de encontrar ninguém. Nessa hora, Clara só desejou estar com elas rindo da vida e reclamando da falta de namorado.

Depois que a mesa das encalhadas ficou vazia, Clara não viu mais motivos para permanecer ali e deu a desculpa de que precisava acordar cedo no dia seguinte. Saiu do restaurante tão desanimada quanto sonolenta. Durante todo o encontro, ela mal abrira a boca, a não ser para bocejar. Quando chegou em casa, jogou a bolsa no sofá e foi direto para o banheiro. Tirou toda a maquiagem, escovou os dentes e por fim lavou os cabelos. Já não era mais a Clara que tinha jantado com Gustavo, a de batom cor de vinho e cabelos trançados. Era a que cheirava a sabonete de erva doce e pasta de dente.

Saiu do banho, olhou para o celular. Tinha uma nova mensagem, era Gustavo. Ele lhe escreveu dizendo que tinha adorado o encontro, mesmo tendo sido tão rápido. Clara leu todo o texto e se perguntou se Gustavo falava realmente daquele jantar. Daquele em que ela quase morrera de tédio. Ela não entendia como a mesma noite poderia ter sido tão diferente para ambos, nem como ele conseguia gostar daquela Clara que quase não falava. Pensou, então, que talvez essa fosse a razão, o coitado precisava ser ouvido e nunca encontrara alguém tão disposto. Na verdade, o interesse dela em escutá-lo era puro desânimo, mas ele não foi capaz de perceber isso.

Clara respondeu à mensagem da forma mais distante que conseguia, mantendo sempre a educação, porque o rapaz parecia frágil demais para receber um fora diretamente, e seria incapaz de entender um sutil. Não restavam dúvidas de que não estava interessada em continuar saindo com ele, mas ao mesmo tempo, tinha medo de que ninguém nunca mais se interessasse por ela.

Pensou nas compras no mercado português, no papel higiênico e no peso das sacolas. Lembrou que não era a primeira vez que um homem demonstrava estar atraído por ela, e novamente ela não correspondia. Só que agora já não tinha mais dezoito anos. A juventude lhe permitira muitas regalias, uma delas era ignorar os pretendentes que apareciam, com a desculpa de ainda ter muito tempo para viver e muita gente para conhecer. Agora, com bem mais de dezoito anos, ela comprovava que na vida não se conhece tanta gente assim, e que o que estar por vir nem sempre é melhor do que está acontecendo. Depois que enviou a mensagem em resposta, deixou o celular na mesa de cabeceira, programou o despertador e ficou assistindo à TV até conseguir dormir.

Acordou com o barulho do celular. Mal abriu os olhos e já foi vendo as mensagens que tinham chegado durante a noite, quando percebeu que só havia uma e era de Gustavo; sentiu a mesma alegria de quando ia ao dentista.

Sentada na cama, com a venda que usava nos olhos sobre a testa, Clara leu o texto com a calma dos que não se importam em se atrasar.

"Querida, Clara. Não costumo entrar na casa das pessoas e por isso deixei a minha porta trancada. Acho que perdi a chave e não sei mais como sair nem como deixar alguém entrar. Estou sozinho. Na verdade, sempre estive, mas agora sinto a solidão e o medo de que ela nunca vá embora. Estou aqui preso sem chave, mas com uma vontade enorme de sair. Você pode entrar, talvez tenha a chave. Na verdade, acho que você é a chave.

Gustavo"

Clara ficou assustada, mas também sentiu uma vontade enorme de rir, lembrou-se de que Gustavo tinha lhe dito que escrevia poemas, e eles eram justamente como ela imaginara: deprimentes, lentos e chatos, exatamente como o autor. Gustavo tinha uma discrição irritante que beirava a invisibilidade, e por mais que na cabeça dele estivesse sendo misterioso, para Clara era só mais um melancólico metido a intelectual. Aquele texto enigmático e metafórico só comprovou o que já sabia, ele era alguém para matar o tempo, para tomar café e falar dos prejuízos causados pelo consumo excessivo de açúcar, não era uma pessoa para se ter por perto, muito menos para se envolver ou dele gostar. Ela mesma não gostava muito de nada porque tinha percebido que não gostar muito das coisas era a melhor forma de não enlouquecer.

Chegou ao escritório antes de todo mundo e começou logo a trabalhar, foi abrindo pastas, imprimindo documentos, arquivando papéis e respondendo e-mails. Não queria pensar em Gustavo, nem na noite anterior, muito menos na última mensagem que falava da tal chave. Seu maior medo tinha passado porque havia percebido que ainda conseguia ser atraente e se não tinha ninguém para lhe ajudar com as compras no mercado, era por pura escolha, não era alguém desprezível e desinteressante. Ficou com dó de Gustavo, mas não a ponto de responder a ele novamente, sentiu aquela compaixão que lamenta, mas não age, por acreditar que alguém fará alguma coisa, até que ninguém não faz nada.

No meio da tarde, ficou com preguiça e foi tomar café com bastante açúcar. Pegou o celular e entre um gole e outro releu a última mensagem de Gustavo. Riu mais ainda, achou aquele papo uma grande besteira. Não queria ser a chave da vida de ninguém. Não queria abrir porta nenhuma e depois se trancar só porque estava acompanhada, já tinha feito isso uma vez e demorara muito a encontrar uma forma de sair. Clara gostava de habitar dentro de si e não queria dividir esse espaço com mais ninguém. Estava livre do lado de fora e era lá que queria ficar.

Ficou em pé na copa pensando em como se livraria de Gustavo, mas não lhe veio ideia alguma. Então fez o que fazia com todos que ela não queria mais por perto. Apagou o contato e todas as mensagens enviadas que foram direto para a lixeira como tudo aquilo que perde a serventia, igual ao copo plástico sujo de café que ela tinha acabado de usar.

CAIXA DOIS

Sentada atrás de um balcão cinza de uma padaria, ela observava a colega ao lado cantarolar enquanto uma velha ria de uma matéria que passava na televisão. A junção desses dois acontecimentos somada ao horário em que iniciava sua jornada de trabalho foram o suficiente para que uma queimação lhe subisse das pernas até a nuca.

Ficou com vontade de cair no choro às 7:14 da manhã, mas se todos estavam contentes, derramar lágrimas a tornaria ainda mais miserável. Pensou em não fazer nada, nem sorrir, nem chorar, apenas praguejou repetidamente a alegria dos que a rodeavam.

Ela não era capaz de raciocinar porque a raiva acabava com essa capacidade nela, mas se conseguisse, veria que não tinha nada inédito em seu entorno, a alegria dos outros era a mesma de sempre.

Antes dessa manhã, nunca tinha percebido o quanto a felicidade alheia a incomodava, até porque não ligava muito para ninguém. Mas naquele dia, enquanto cortava saquinhos de papel e recibos de pagamento, ficou observando o mundo a sua volta.

Entre um atendimento e outro pegava uma pequena tesoura que escondia na parte de baixo do guichê e talhava papéis como que na esperança de fazer confetes para um carnaval que nunca chegava. Até nesse feriado ela precisava trabalhar.

Um cliente jogou mercadorias no balcão. Aquele era o décimo, se não lhe falhasse a memória, e ainda eram 8:45 da manhã. Leite em pó, bolacha Maria e margarina. Deve ser pobre, pensou ela. A raiva passou, daquele só dava para sentir pena porque o homem estava todo suado e com uns pingos de cimento no braço.

Imaginou que o coitado estivesse trabalhando na construção de mais um prédio no bairro. Tinha certeza de que ele não era morador, pois não parecia que podia pagar um aluguel nas redondezas. A compra do homem deu R$11,50 e ele lhe entregou R$20,00. Se pudesse ela lhe daria algum desconto, mas não podia. A única coisa que tinha para lhe oferecer era um bocado de gentileza que costumava dar toda vez que sentia aquela sensação de piedade.

Embalou com todo o cuidado as compras do freguês sujo. Quando lhe entregou as sacolas, uma mulher começou a jogar coisas sem parar no balcão: aveia, iogurte grego, ameixa e mamão. Essa tinha dinheiro e, com certeza, prisão de ventre. Com pressa, ela passou tudo, mas não colocou nada na sacola, e antes que a mulher lhe questionasse qualquer coisa foi logo lhe entregando um saco plástico e dizendo que era caixa e não empacotadora. A enfezada embalou sozinha suas compras.

Depois dessa cliente, ficou alguns minutos sem fazer nada. Até pensou em pegar a tesourinha e picotar papéis, mas a gerente estava observando tudo em volta. Achou mais seguro olhar fixamente para uma prateleira de vinhos. Incrédula, viu que o preço de um deles era quase o valor do seu aluguel.

Quando ainda tentava enxergar o que estava escrito na embalagem de vidro, além do preço, um homem de cabelos brancos e suéter pendurado nos ombros pegou a garrafa sem nem olhar direito o valor. Escolheu com tanta naturalidade que parecia que fazia aquilo pelo menos uma vez por semana.

Com a bebida em mãos seguiu para a parte de laticínios, escolheu alguns queijos, depois foi em direção às geleias e compotas. Ela conhecia aquele senhor de algum lugar. Lembrou que era de lá mesmo, do trabalho. Ele ia fazer compras toda vez naquele horário.

Ela olhou novamente para a fisionomia dele e recordou-se de uma manhã em que teve cólica e precisou ir à farmácia da esquina. Naquele dia, no exato momento em que deixou o seu caixa por alguns minutos, o homem também saiu da padaria onde ela trabalhava, após comprar croissants. Enquanto ele seguia a passos lentos, ela andava o mais rápido que podia. Quando saiu da farmácia, o viu entrar num prédio cheio de vidro e grade que ficava a duas quadras dali.

Depois que colocou todas as compras na cesta, o homem veio na direção do caixa dela, o de número dois. Não falou nada, ninguém nunca falava, mas ela queria que ele dissesse algo, um bom dia pelo menos, porque quando escolhia alguém para implicar começava cedo a pirraça.

Achou o velho antipático como achava todos aqueles que gastam muito dinheiro com coisas supérfluas. Passou o vinho, o queijo e uma geleia de frutas vermelhas tão bem embrulhada que parecia um presente.

Quando viu o valor que tinha dado sentiu raiva e inveja porque se tivesse $460,00 reais para gastar assim também seria antipática como aquele senhor. Enquanto entregava a nota fiscal, foi surpreendida por um comentário do cliente endinheirado:

— Espero que esse queijo esteja bom porque o último que comprei estava horrível.

— Isso não sei lhe dizer.

— É claro que não sabe. Tem cara de que nunca comeu isso na vida. Não vou nem perguntar sobre o vinho. — E riu satisfeito, olhando para os lados para ver se alguém estava vendo sua grande piada.

O homem ficou parado, guardando a nota, enquanto ela já dava sinais para o próximo cliente vir. Quando fechou a carteira, ele perguntou se ela não ia embalar as compras.

Ela pensou em dizer novamente que não era empacotadora e sim caixa, mas antes de falar qualquer palavra ficou encarando aquele rosto velho que, apesar da idade, tinha uma pele com menos manchas do que a dela.

Ele nem precisou dizer que estava mandando porque ela sabia muito bem quando recebia ordens, estava acostumada a se submeter aos mandos e desmandos dos patrões. E ainda que não fosse ele que tivesse assinado a sua carteira, tinha a mesma cara dos outros chefes que já teve durante toda a vida.

Ela sabia muito bem que com esse tipo de gente não se discute, apenas obedece. Pensando no salário e nas contas que tinha para pagar, fez um pedido de desculpas e até deu um sorriso amarelo.

Puxou duas sacolas que estavam sobre o balcão e olhou bem no fundo delas. Colocou uma dentro da outra rapidamente porque o velho olhava para ela sem paciência. Ficou intimidada com aquele olhar que até deixou as sacolas caírem. Se abaixou para pegá-las e demorou mais do que o esperado.

O homem começou a bater no balcão, perguntando se era pra hoje. Ela se levantou nervosa, sem graça, e foi colocando os produtos dentro do saco plástico biodegradável e dizendo obrigada. Ele pegou as compras com irritação e saiu segurando-as com uma das mãos enquanto com a outra mexia no celular.

Ela observou o velho até a porta, viu para que lado dobrou, ele tinha virado à direita e ido na direção do prédio gradeado. Ela desviou o olhar e voltou a passar os itens que outro cliente já jogava no balcão.

O tempo foi passando tão rapidamente que, quando se deu conta, a pessoa que a substituiria entrou e começou a se preparar para ocupar a cadeira em que sentara por seis horas ininterruptas. A sua substituta lhe pediu emprestada a tesourinha que sabia que ela escondia. Ao usá-la, perguntou o que tinha acontecido com ela porque estava cega e com uns pedacinhos de plástico. Ela arrancou o objeto das mãos da mulher e lhe disse que não tinha feito nada, a unha dela é que devia ser grossa demais para uma tesoura que só cortava papéis.

Recolheu todo o dinheiro feito durante as horas de serviço e entregou para a supervisora. Apanhou sua bolsa, o guarda-chuva e deu tchau aos que ficavam.

Dentro da padaria, não tinha percebido como o tempo tinha fechado, o céu estava cinza e um vento gelado a pegou em cheio na saída. Ela não dobrou para a esquerda como de costume.

Segurando o guarda-chuva preto, virou para a direita e foi andando e olhando para o chão. Cruzou o primeiro quarteirão, mal entrou no segundo e já avistou o prédio gradeado. Foi na direção dele e quando estava a alguns passos da portaria, viu uma mancha vermelha que cobria quase toda a calçada, um vermelho escuro. Se abaixou e viu alguns caquinhos de vidro que brilhavam como estrelas no céu. Chegou mais perto da mancha e uma rajada de vento forte veio na direção do seu rosto, fazendo-a sentir o cheiro de vinho e vingança entrar pelas narinas e ir até o coração.

O ÚLTIMO ÔNIBUS

Abri a bolsa revirando tudo, procurava pelas chaves do apartamento, mas na terceira tentativa me dei conta do óbvio: esqueci-as no carro. Desci pelas escadas, revoltada com a minha falta de atenção e de tempo, estava quase atrasada para a viagem. Peguei as chaves, abri a porta, Théo me encarou com um olhar furioso que ignorei. Segui na direção do quarto, puxei a mala que estava em cima do guarda-roupa, separei as peças que queria levar e joguei todas lá dentro. Enquanto arrastava a bagagem, vi o prato de Théo vazio e empoeirado, a ira do gato era fome. Corri para a pia para lavá-lo e encher de ração, mas mal cheguei na cozinha o telefone tocou, era minha irmã Lúcia dizendo que o último ônibus para Cubatão estava saindo mais cedo de São Paulo.

Cheguei na rodoviária afobada, e em dez minutos o coletivo saiu. Desci na parada mais próxima e fui andando sozinha. Quando entrei na casa, todos estavam jantando, e percebi que Joice, minha irmã caçula, não estava na mesa e perguntei por ela e pelo meu sobrinho. Lúcia disse logo:

— Tá fazendo o filho dormir, veio passar o resguardo aqui porque não tem ninguém pra ajudar.

Ouvi calada, em seguida falei:

— Vou lá com ela.

Abri a porta do quarto. Ela cochilava com o filho grudado no peito. Toquei no ombro dela, que levantou as sobrancelhas e esboçou um riso.

— Como você tá? — perguntei.

— Bem.

— E o bebê?

— Tá enorme, não para de mamar um instante.

Olhei para os braços finos da minha irmã e tive pena, nunca a tinha visto tão magricela quanto agora. Perguntei se tinha jantado, ela respondeu que não. Me ofereci para ficar com o bebê enquanto ela comia. Joice tirou o filho do peito e me entregou. Eu não sabia direito o que fazer com aquele pedaço de gente mole e sonolento, segurei-o de um jeito estranho que deixou a coluna do pequeno toda torta.

Minha irmã demorou mais do que eu imaginava e fui ficando impaciente, o neném aos poucos também se inquietava e iniciava um choro. Olhei em volta, pensando no que podia fazer para silenciá-lo. Vi uma chupeta dentro de uma caixinha, abri e coloquei-a na boca dele, que logo se aquietou.

Quando Joice viu o filho com o pipo, ficou indignada. Puxou o objeto, deixando a criança aos berros, mas ela, diferentemente de mim, sabia muito bem como fazê-lo parar de chorar. Botou o menino no peito, que sugou o leite como alguém que luta para não morrer de fome. Fiquei envergonhada, disse que não sabia que não podia dar a chupeta para o bebê, pois se estava no quarto achei que usavam. Ela disse que aquilo foi presente do pai dele, e que só por isso guardava, era a única coisa que ele dera para o filho até hoje. Pedi desculpas e fui me deitar.

Acordei apertada e corri para o banheiro. Vi Lúcia ajudando minha mãe no banho, tive vergonha de arriar as calças na frente delas, mas arriei. Depois, fiquei parada, olhando para elas, Lúcia me pediu para terminar de arrumar a mãe enquanto ela fazia o café, só faltava pentear os cabelos.

Peguei o pente e comecei a deslizá-lo pelos fios brancos e ralos, e aquilo me deu uma angústia, me senti meio mãe, mãe de uma velha. Eu nunca mais tinha ficado sozinha com ela e me danei a penteá-la para não precisar dizer nada, não sabia mais conversar com a pessoa que tinha me botado no mundo.

Ela, como sempre, continuava falando bastante, e apesar do pouco tempo em que ficamos naquele banheiro, conseguiu dizer muita coisa e tocou no assunto que eu mais temia: meu pai.

Cresci longe dele porque, quando éramos pequenas, ele foi embora de casa e logo refez a vida, casou-se novamente e teve outros filhos. Minha mãe continuava apaixonada e usava as filhas como desculpa para ir atrás dele e para cobrar que nos visitasse. Mas não dávamos a mínima quando ele ia nos ver, apenas olhávamos para aquele homem que fedia a café e tabaco e tentávamos entender por que nossa mãe ainda o amava tanto. Hoje ele já não nos visita mais, e das três filhas, sou a única que não vai pelo menos uma vez por ano na casa dele.

Nesse dia, enquanto eu passava creme nos cabelos da minha mãe, ela olhou para cima e perguntou por que eu não visitava mais o meu pai. Fiquei sem graça e com medo de responder. Respirei fundo e disse com muita naturalidade que não ia porque não gostava dele. Os olhos dela encheram-se d'água e ela chorou sem se preocupar em conter as lágrimas. Ficou escandalizada, não podia admitir uma coisa dessas na família, uma filha que não gosta do pai.

Eu me abaixei, olhei nos seus olhos cinzentos e perguntei se ela amou o pai que teve. Minha mãe balbuciou, gaguejou, mas não conseguiu responder. Na hora eu soube que ela também nunca tinha amado o próprio pai, mas que essa não era a questão. O problema estava em dizer abertamente aquilo que sentia. Para ela, algumas coisas poderiam até serem sentidas, mas jamais ditas, porque foram feitas para ficarem da boca para dentro.

Lúcia entrou no banheiro, veio nos chamar para o café e quando viu o cabelo da mãe, elogiou o penteado. Fui logo dizendo que eu que tinha feito. Minha irmã sorriu e falou que não era mais para eu fazer isso, que a nossa velhinha tinha que movimentar o braço para não atrofiar. Nessa hora, Joice entrou com o filho no banheiro e disse com um ar de superioridade em decadência: ela não sabe cuidar de ninguém não, nem de velho nem de novo, e caíram todas numa risada cínica e gentil.

Tive que sorrir também. Ri da minha inutilidade e da minha falta de amor. Pois se minha mãe dependia de Lúcia até para tomar banho e Joice era tudo para seu filho, ninguém precisava de mim para nada naquela família. Fiquei com medo de me tornar meu pai, de ter ido embora de casa e de ninguém nunca mais sentir a minha falta. Em certa medida, era isso o que tinha acontecido. Quis me aproximar delas para não ser como ele, mas senti que meu desejo não vinha acompanhado de nenhuma atitude e que talvez a minha família já me visse um pouco como eu o via. E assim não tinha mais nada que eu pudesse fazer, pois se eu era como meu pai, eu que tratasse de sumir igual a ele.

À noite inventei uma mentira e disse que viajaria para São Paulo no outro dia. Ninguém questionou. Voltei para minha casa com a sensação de inutilidade e falta de amor ainda maior.

Abri a porta, me joguei no sofá, olhei distraída para a cozinha e vi o prato de Théo em cima da pia exatamente como eu tinha deixado. Saí correndo pela casa atrás do bicho. Encontrei o animal embaixo da cama, puxei-o para perto de mim e o segurei nos braços. Estava mole e quase sem vida. Corri para a cozinha, abri a geladeira e despejei leite no prato. Molhei meu dedo na bebida gelada e o coloquei na boca de Théo que sugou com a ânsia de quem não queria perder a vida. Mergulhei o fura bolo novamente no líquido e o enfiei na boca do felino que dava sinais de recuperação.

Fiquei olhando para aquela criatura abatida e quase morta no meu colo e me veio uma sensação esquisita que desconfiei que fosse satisfação, foi a primeira vez em que senti que alguém precisava de mim.

CARDUME

Cheguei na sala de casa suado, com os chinelos nas mãos e os pés pretos de poeira, olhei pro sofá e não acreditei quando vi quem estava sentado nele. O moleque nem parecia aquele de canela seca e cabelo espetado com quem eu jogava bola. Estava musculoso, da cintura pra cima, e usava uns cordões de ouro que tinham quase o meu peso. Ele não parava de sorrir, não sei se estava realmente feliz ou se só queria mostrar os novos dentes brancos que mal cabiam na boca.

Fiquei admirado. Em dois anos, o Pablo tinha virado o primo rico. Chamei-o para o canto e perguntei o que estava fazendo pra conseguir essa grana toda. Ele disse que no Rio de Janeiro tinha tanto serviço que ele não dava conta, e foi logo me perguntando se eu não queria ir pra lá também. Aceitei de cara, já que não fazia nada da vida a não ser jogar bola e assar peixe pra minha mãe vender na praia. Ela que não gostou muito da ideia, ia perder o único funcionário que tinha, mas prometi que em dois anos eu também estaria rico igual a ele.

Desembarquei no Rio de Janeiro com uma mala e trezentos reais no bolso, e quando cheguei no endereço fiquei impressionado com a beleza e o tamanho da casa. O único problema era a decoração humana, dois marmanjos com armas do tamanho deles me cumprimentaram e pediram meu RG antes de eu entrar. O Pablo não mentiu quando disse que estava rico, só alguém com muito dinheiro pra ter segurança particular no Brasil.

No dia seguinte, ele me acordou às seis e meia da manhã, disse para eu botar uma roupa bonita e a identidade no bolso. Enquanto tentava criar coragem para dizer que estava morrendo de fome, ele apareceu na minha frente comendo um pão recheado com queijo e um suco de laranja, mas não me ofereceu nem um pedaço. No momento em que tentei esconder o ronco da minha barriga com as mãos, um grupo de garotos franzinos entrou na casa, todos arrumadinhos e cheirando a desodorante.

O Pablo foi entregando uns saquinhos brancos pra cada um deles até chegar a minha vez. Olhei e perguntei o que era aquilo. Começaram a rir de mim, mas não me responderam nada. Peguei o saco, olhei bem e disse que droga eu não vendia. O Pablo me encarou e falou que esse era o único serviço que tinha pra mim, e que se eu não quisesse era só dar a vaga pra outro. Minha barriga roncou mais forte. Me lembrei da promessa que tinha feito pra minha mãe, dos trezentos reais que eu sabia que logo iam acabar, peguei o saquinho e botei no bolso.

Fomos pra praia, mal pisamos na areia e cada um seguiu para um lado. Uns já sabiam as barracas onde deviam deixar os pedidos, outros conheciam os carros dos clientes e alguns subiram em prédios enormes e voltaram de lá com os bolsos cheios de dinheiro. Enquanto isso, eu fiquei feito besta sem saber o que fazer com as encomendas que trazia comigo. Segui um dos garotos que já tinha terminado as entregas e pedi que me ajudasse com as minhas. Ele disse que tudo bem, mas ficaria com metade da grana, o que eu aceitei. Em menos de meia hora me entregou três notas de cinquenta e duas de vinte. Me falou que já tinha tirado a parte dele e que o restante eu deveria entregar pro Pablo, que me daria a minha comissão.

Guardei os trocados no bolso e me sentei na areia da praia, vi um velhinho vendendo açaí e me lembrei da minha mãe, da minha cidade e da fome. Pedi um. O cara encheu de leite condensado, morango, kiwi e granola. Ficou com gosto de qualquer coisa, menos de açaí, mas comi tudo porque faminto não tem tempo de reclamar dos defeitos. Parado eu fiquei olhando para o mar. Senti vontade de entrar, mas não sabia como me banhar naquela imensidão azul, eu que só tinha tomado banho de rio fiquei com cisma de água agitada.

Me distraí vendo o ir e vir violento das ondas e demorei a perceber que um grupo de quatro policiais estava caminhando na minha direção. Fiquei apavorado como nunca, antes eu tinha medo de bandido e agora estava me pelando por causa dos homens de bota. Pensei em correr, me esconder em alguma barraca, mas a única coisa que consegui fazer foi me jogar no mar de roupa e tudo.

Entrei correndo e pulando ondas, em poucos minutos já não consegui encostar os dedos no chão, meus pés estavam soltos como eu no Rio de Janeiro. Senti o gosto de sal na boca, o ardor no nariz e nos pulmões. Fechei os olhos com a esperança de não ver o sufoco, como se eu pudesse me cegar para a tragédia que estava por vir. Morrer afogado no mar é pior do que em rio, porque na água doce a gente morre devagarzinho, se lembrando da vida, a água é calma e vai te abraçando, tu morre que nem percebe. Eu sei, porque quase morri afogado um monte de vezes. Aqui nesse Rio de Janeiro até a água é ruim, ela não te segura e só te empurra pra mais longe como se quisesse se livrar de ti, te dá porrada e ainda te joga na terra, o mar é feito as pessoas dessa cidade.

De tanto ir e vir, aceitei que meu dia tinha chegado, e com o pulmão encharcado me deixei levar pelas águas. Abri os olhos por um instante pra ter alguma lembrança antes de me encontrar com Deus e acabei vendo um tubarão enorme com dentes gigantes e cordões de ouro. O bicho estava rodeado de peixinhos magricelos e de vez em quando cuspia migalhas para que eles se engalfinhassem na luta pela sobrevivência.

Depois de mal alimentado, o cardume nadava entre as ondas e aos poucos cada um dos peixes voltava ofegante com estrelas do mar para entregar para o bichão. Eu via aquela cena que mais parecia um delírio de morte, e não conseguia aceitar a crueldade da natureza que obrigava os animais menores a se renderem à força de um gigante sem nenhum tipo de fuga ou vingança. E enquanto me indignava mentalmente sem fazer coisa alguma, vi o exato momento em que o tubarão dentuço matou um dos magricelos. Pude ver o pânico dos outros e não só entendi a submissão própria da cadeia alimentar, como também me juntei a eles na covardia e no desespero.

Foi aí que senti um puxão nos meus braços e quando tirei a cabeça de dentro daquela água sem fim, me dei conta de que eu já tinha me tornado mais um no cardume, eu agora não era mais o garoto do norte, eu era um peixe que, pra não morrer de fome andava do lado do tubarão. Mal botei os ouvidos pra fora do mar e a primeira coisa que escutei foi a risada dos moleques. Pra minha humilhação eu estava me afogando no raso, até na hora de morrer eu viro chacota. Todos me chamaram de matuto e cagão.

Fiquei puto e envergonhado, de repente senti uma água quente na cara, eu estava chorando, não sei se de raiva ou tristeza. Ainda bem que eu estava molhado e não dava para perceber meu choro, mas, mesmo que eu estivesse seco ninguém repararia na minha dor. Tirei minha camisa, que torci, sacudi e botei no ombro. Voltei pra quebrada espremido no busão, e o pouco de espaço que restou entre o meu nariz e o sovaco suado de um marmanjo, eu usei pra não morrer sufocado e me lembrar do maldito dia em que reencontrei o Pablo.

A MULHER SEM NOME

Desce mais uma, colega! Cadê o meu drink, garota? É pra hoje, linda? Psiu, traz outra cerveja.

Esses eram os chamados que chegavam aos ouvidos dela todas as noites.

No começo, Raquel não gostava desse festival de apelidos e reclamava com os patrões sempre que podia, alegando que não era qualquer uma para ser chamada de qualquer coisa. Mas de nada adiantava.

Então, após o primeiro mês de trabalho, apareceu no bar com um fardamento diferente de todos os outros funcionários. Na camisa ela mandou bordar Raquel. Tanto na frente quanto nas costas. Tinha a esperança de que com isso as pessoas a chamassem pelo seu nome.

Mas, depois de um tempo trajando o novo uniforme, percebeu que de nada tinha servido o gasto com a bordadeira. Ainda a chamavam do que bem queriam. Sempre que lavava a camisa, ria da própria ingenuidade ao ter pensado que os clientes se dariam ao trabalho de ler o que estava escrito na blusa.

Se passaram alguns anos, e ela se convenceu de que não havia mais o que fazer, pois tinha se tornado uma mulher sem nome, que só servia para abrir garrafas, anotar pedidos e limpar mesas. Saía do bar e, mesmo fora, continuava sentindo repulsa toda vez em que alguém se referia a ela por meio de "psiu" ou "vem cá". Precisava lembrar que não estava no trabalho para que não saísse apressando o passo na direção de quem a chamava.

No fundo estava cansada de tudo a sua volta, não aguentava mais o perfume doce e enjoativo que tinham todas as frequentadoras assíduas daquele lugar, nem o odor de cigarro mentolado que os barbudos fumavam do lado de fora. O cheiro de fritura lhe embrulhava o estômago e o fedor de mijo que vinha dos banheiros lhe causava um enjoo longo que não passava nem quando chegava em casa. Mas havia algo mais nojento do que a urina daquelas pessoas: elas próprias. O xixi fedia, mas os usuários da privada eram muito piores do que seus excrementos, porque quando bebiam, sentiam-se no direito de exercerem a sua imbecilidade com mais confiança. E em meio a tantos imbecis que fediam a mijo, menta e fritura, Raquel circulava, equilibrando sua bandeja de copos e sua ânsia de vômito.

Não podia ser mal-educada, mas ela era, sempre que os patrões não estavam por perto. Também não tinha o direito de ser lenta, nem surda, embora o barulho estivesse insuportavelmente alto. Aliás, outra coisa que não aguentava mais: a música. Nunca entendeu como as pessoas pagavam para ouvir aquilo. Ela recebia para estar ali, era seu emprego, mas os outros estavam lá por pura opção, e se Raquel a tivesse, estaria em casa. Mas por enquanto teria que ficar ali mesmo, servindo aquele bando de bêbados barulhentos.

— Raquel!

Ela não olhou, sabia que não era com ela, ninguém a chamava assim naquele lugar.

— Raquel, por favor.

Achou estranho o "por favor", mas seguiu em frente, certa de não ser com ela a conversa. Foi atender o cara embriagado que levantava uma garrafa de cerveja vazia. Entendeu o recado. Pisando com ódio no chão que levava até o freezer, ela pegou outra bem gelada e jogou na mesa com toda a raiva que costumava ter nos fins de expedientes.

Na volta ouviu que estavam novamente a chamando, dessa vez com um pouco mais de grosseria, então lhe veio a sensação de ser com ela o assunto.

— RAQUEL!! — esbravejou a pessoa. — Essas garçonetes se fazem de surda para não trabalharem.

Agora era com ela, não teve dúvidas. Saiu quase correndo na direção da mesa de onde a chamavam.

A FELICIDADE **OBSCENA** 33

— A senhora me chamou de quê? — disse, olhando bem nos olhos da mulher que se assustou.

— Desculpa, mas é que eu tô te chamando faz um tempo e você finge que não me ouve.

— Não, não. A palavra surda eu entendi. Tô me referindo ao que disse antes. Você me chamou de Raquel?

— Sim. Não é seu nome?

— É — disse, sem nem saber o que estava sentindo direito.

— Então, Raquel, vou querer uma água sem gás e uma cerveja.

— Mais alguma coisa?

— Não, só isso mesmo. Obrigada.

Raquel ficou sem graça, porque embora seu desejo tivesse finalmente se realizado, ela não estava preparada para lidar com tamanha gentileza. Havia criado estratégias para se vingar das grosserias diárias, mas não tinha prática nenhuma em receber cortesia. Ser bem tratada a enchia de uma alegria discreta e cheia de constrangimento, a mesma de quando recebia felicitações no aniversário.

Saiu da mesa tentando recordar de onde conhecia aquela mulher, mas não lembrava de tê-la atendido outras vezes. Será que foi minha professora, pensou, porque além da mãe, as professoras também a chamavam pelo nome. Sua mãe, Cristiane, não chegou a vê-la virando qualquer coisa, porque morreu quando a filha estava aprendendo a soletrar.

Raquel pegou a cerveja, a água e colocou-as na bandeja. Quando chegou até à mesa, a mulher conversava distraidamente no celular e Raquel pôde observá-la melhor, ainda assim não adiantou, não a conhecia mesmo. Mas isso não seria um problema, porque no exato momento em que a chamou de Raquel, aquela cliente se tornou uma espécie de genitora. Ela sentia isso.

Abriu a cerveja e serviu, dessa vez com cordialidade. Sorriu, mas estava escuro e não foi correspondida, apenas recebeu um muito obrigada quase inaudível.

De nada, disse anotando na comanda que foi deixada sobre a mesa.

Passou a noite olhando para aquela que agora era parte da sua família, a vigiava para ver se estava bebendo demais. Quando se levantou e foi ao banheiro, a acompanhou com o olhar para ter certeza de que tudo correria bem. Tinha algo a mais a fazer, além de cuidar dos pedidos, pois se era como uma parenta, então não poderia deixar que algo ruim acontecesse com ela.

A mulher chegou por trás, tocando em seu ombro e pedindo licença. Sentou-se. Que mãe bonita ela era.

— Traz a conta, por favor.

— A senhora não deseja mais nada?

— Não. Tava esperando uma pessoa, mas acho que não vem mais. Pode trazer.

— Entendi. Tá bom, já trago.

Raquel odiava despedidas, principalmente de quem a chamava pelo nome. Daria adeus para a única pessoa naquele lugar que não a via como uma anônima. Entregou a conta e a máquina de cartão de crédito. Já estava com saudades.

— Quer sua via?

— Não quero não. Obrigada.

— De nada. Volte sempre.

— Tchau, Raquel.

Em menos de uma hora, fora chamada mais de uma vez pelo nome escolhido pela sua mãe, e isso a fez relembrar como era bom ser alguém com identidade. Já não se sentiu mais como antes e, naquela noite, a raiva foi dando lugar à esperança.

— Psiu!!

Escutou novamente. Foi a mulher sair pela porta e parecia que tudo tinha voltado ao normal. Um normal que Raquel detestava. Ao ouvir o som, Raquel correu com sua caneta e seu bloco de notas na direção das pessoas que acenavam.

Chegou à mesa e um rapaz com cara de ressaca lhe disse rápido e certeiro tudo o que desejava:

— Duas Stellas e uma Margarita!

Depois que o cliente parou de falar, ela continuou rabiscando impacientemente no papel. O freguês a encarou e perguntou se não ia logo buscar o que ele queria.

Ela virou o papel na direção da mesa. Estava escrito em letras de fôrma tortas e desalinhadas: Meu nome é Raquel.

O moço, sem entender o que estava acontecendo, perguntou o que isso tinha a ver com o pedido dele. Raquel disse que tinha tudo a ver, pois se até as bebidas eram chamadas cada uma pelo seu nome e não por apelidos, ela também não podia ser uma indigente e que se quisessem ser atendidos por ela, que a chamassem de Raquel de agora em diante.

Todos da mesa se encararam e num riso sonso fizeram novamente suas escolhas. Dessa vez, ela anotou tudo certinho e foi buscar. Já não pisava no chão com a raiva de antes, suas passadas estavam cheias de confiança.

A cada psiu, amiga ou outro termo de que lhe chamavam, ela se aproximava das pessoas e mostrava a caderneta com as letras de fôrma. Quando não surtia efeito, precisava usar alguns métodos vingativos, porque ainda que a raiva tivesse diminuído, ela tinha o tratamento certo para cada tipo de cliente. Mas quando recebia a educação tão desejada, sabia como retribuir. Ao longo do tempo, ser bem tratada não lhe causava mais tanto espanto.

Em pouco tempo a palavra Raquel ecoava pelo salão e ela corria com seu caderninho e sua individualidade. Começou a achar que seu trabalho nem era tão ruim assim, porque agora, pelo menos, já não era mais uma mulher sem nome.

SEGUROS

Caco abriu a porta de casa, ainda sem entender como fora convencido por uma vendedora a continuar com o cartão que foi de sua mulher, e o pior, a adquirir seguros de que não precisava. Sem dúvida a garota era muito boa em persuadir, ou ele é que estava sem paciência para argumentar. Na verdade, sempre foi passivo e mais uma vez se deixou levar pela insistência de alguém muito mais determinado do que ele. Agora era tarde, não adiantava reclamar. Pensando bem, ele estava precisando de roupas, sapatos e principalmente cuecas. Sem a esposa para ajudá-lo teria que escolher sozinho o que vestir.

Na hora de dormir, decidiu que no dia seguinte iria até à loja e compraria tudo de que precisava. Mesmo assim, não pôde deixar de sentir uma pontinha de raiva da vendedora. Raiva e inveja por não conseguir ser como ela.

Acordou cedo, passou a noite pensando no gasto que os R$ 7,60 mensais lhe causariam ao longo de um ano. Como um bom economista, calculou o valor e chegou à conclusão de que odiava a vendedora, mas odiava mais a si mesmo por não conseguir fazer nada além de aceitar que fizera mau negócio.

Entrou no carro, seguiu em direção ao shopping. Colocou um blues para tocar, e por algum motivo se sentiu superior e imponente, mesmo estando em um automóvel da década passada. Saiu do estacionamento e foi direto para a seção de roupas íntimas, fez escolhas rápidas, e seguiu para a seção de camisas. Olhou ao redor e nada mais lhe interessava, foi ao caixa e saiu da loja.

Eram quase 13:00 horas, e ficou admirado com a rapidez com que o tempo tinha passado. Faminto, foi em direção à praça de alimentação sem saber bem o que comeria. Escolheu um restaurante por quilo onde estavam algumas funcionárias da loja na qual acabara de ir, inclusive ela, a vendedora de seguros.

De uniforme e crachá, comia apressada, levemente debruçada sobre o prato, demonstrando o que a fome é capaz de fazer com os bons modos. Por um instante ele sentiu pena dela, imaginou o quão difícil era vender seguros e ficou satisfeito por tê-la ajudado.

No momento em que ergueu as costas em uma leve demonstração de alívio, seu olhar cruzou com o dele. Ela sentiu que estava sendo observada de uma forma diferente, como nunca fora antes; parecia que Caco sentia piedade e afeição por ela, e isso a irritou profundamente. Jamais havia sido olhada dessa forma por um homem, nem pelo seu pai quando ela mentia dizendo estar doente.

Achou o rosto de Caco familiar, e quando se lembrou de onde o conhecia, foi ela quem sentiu pena dele. Havia convencido o coitado a obter um seguro inútil. Passou a olhar para ele com compaixão e culpa. Nunca ninguém tinha olhado para ele assim.

Caco foi até ela, que estava sozinha, sugando o resto de suco do copo. Disse um oi sem som, daqueles que quem vir sabe que algo foi dito apenas pela abertura dos lábios e o leve fechar dos olhos.

Encarou-o com a cabeça inclinada sem soltar o canudo, acreditando que seria apenas um cumprimento. Ele sentou-se e sugeriu um aperto de mãos. Ela ficou assustada, mas retribuiu e pensou que receberia alguma reclamação a respeito do cartão, do seguro, da loja.

Mas a reclamação não veio. Era apenas um rapaz malvestido e com cara de cansado que estava tentando interagir com alguém apressado, pensou ela. Ele disse:

— Como vai?

— Bem, e você?

— Bem também. Vim usar o cartão — levantou as sacolas mostrando as compras de um jeito atrapalhado.

Ela sorriu, mostrando um restinho de salada no canto do dente.

— O seu nome é Caco, não é?

— Você lembra? — respondeu ele, todo convencido.

— Foi o único cliente com esse nome desde que comecei a trabalhar aqui. Na verdade, foi a primeira pessoa que vi com esse nome. Não é difícil lembrar.

Caco sorriu, ciente da peculiaridade de seu registro nominal.

— E como você se chama?

— Catarina — disse, se levantando e empurrando a cadeira para junto da mesa. — Eu preciso ir, que bom que gostou da loja. Até outro dia.

Caco sorriu e acenou. Ela parecia muito bem na verdade, e ele já não sentia mais pena dela. Catarina, por sua vez, ficou orgulhosa de tê-lo feito comprar o tal seguro, ele não devia estar tão mal assim, tinha comprado várias roupas, almoçado no shopping, provavelmente os descontos mensais não fariam falta.

Ambos deixaram de se compadecerem um do outro. Foi o primeiro passo em direção ao que nem eles mesmos saberiam definir.

***

Poucos meses após o divórcio foram suficientes para que Caco se sentisse cada vez mais sozinho, e como todo solitário, resolveu procurar por novos amigos na internet. Lembrou de Catarina no dia seguinte às compras e correu para procurá-la nas redes sociais, e depois de muito tempo a encontrou. Na foto parecia muito mais bonita e sociável do que pessoalmente, o que lhe deu coragem para iniciar uma conversa.

Sozinha na sua quitinete que fedia a mofo, enquanto tirava a roupa do trabalho e vestia o pijama, Catarina recebeu uma mensagem de alguém que ela mal conhecia, era Caco, o rapaz do shopping. Ele parecia mais esquisito no perfil do que pessoalmente o que a deixou receosa de iniciar um bate papo. Mesmo assim, respondeu.

A conversa se estendeu além do esperado e eles terminaram a noite marcando de se verem. Ambos estavam animados por encontrarem alguém, cada um tinha um interesse, Catarina precisava de uma pessoa que a ajudasse com as despesas, Caco ansiava por alguém que lhe aliviasse o peso da separação. O que cada um desejava era muito diferente, mas nenhum perguntou ao outro o que queria e foram buscando apenas o que lhes era conveniente. Começaram a sair, ele pagava a conta, ela fazia companhia.

Não mentiram um para o outro, só não deixaram nada muito claro. Caco queria Catarina vivendo com ele mesmo sem saber muita coisa a seu respeito. Ela gostaria que ele a ajudasse a sair da vida que, não sabia como, tinha criado. E assim, ambos decidiram que morariam juntos, mesmo sem contarem suas reais intenções.

O próximo passo seria o beijo porque não se divide o mesmo teto com alguém sem antes o beijar. Mas, se dependesse de Catarina isso não precisava acontecer, ela não tinha o menor interesse em Caco e, se a sua mente não fantasiasse tanto, ele seria capaz de enxergar o que ela realmente queria.

Na terceira noite em que saíram juntos, Caco a deixou em casa. Com todo o medo que sentem os apaixonados, fechou os olhos e levou a boca na direção da dela. Catarina cerrou os lábios e ficou abrindo e fechando as pálpebras como se tivesse um cisco atrapalhando sua visão. Caco babou nela inteira, mexendo os beiços, só não usou a língua porque não sabia. Nenhum beijo foi tão ruim para Catarina quanto aquele, e nenhum outro teve tanta importância.

***

Foi em um domingo chuvoso que Catarina se mudou para a casa de Caco. Levou tudo o que tinha, deixando para trás a quitinete mofenta e cheia de poeira que nunca limpou desde que se mudara.

Caco preparou tudo para recebê-la, lavou o banheiro, tirou o pó dos armários e os restos de comida do freezer e ascendeu uma vela aromática na sala. Fez tudo o que deveria ter feito havia muito tempo, mas a sua própria presença não lhe parecia o suficiente para que gastasse horas limpando-a e perfumando-a.

Quando buscou Catarina na porta da vila, sentiu uma pequena euforia e um grande pavor. Pela primeira vez, sentiu medo dela, não do que ela poderia fazer com ele. Ficou apavorado ao pensar no tanto que se apaixonaria por ela. O quanto ela gostaria dele não era uma preocupação.

Catarina entrou no seu novo lar e olhou desanimadamente para tudo ao redor, o lugar não era feio nem bonito. O perfume da vela já havia se espalhado e sumido, mas havia um cheiro de limpeza e organização que não sentia há muito tempo, isso a acalmou e foi-lhe tirando o desânimo. Aos poucos foi se ambientando, e rapidamente ocupou seu espaço, que se tornou cada vez maior. Seus gostos, suas vontades e manias foram invadindo o lar como um tsunami que, por onde passa, tira tudo de ordem e molda de outra forma.

Em pouco tempo, todos os cômodos já tinham um quê de Catarina, a bagunça, o cheiro de mofo e sujeira, risada alta, comida requentada. E Caco tinha aquilo que mais queria: a companhia de alguém. Eram um par. Quase não se beijavam, dormiam juntos todos as noites. Catarina havia perdido o asco que sentia por ele, tanto tempo olhando para a sua figura, que estava acostumada.

Não eram um casal apaixonado, eram duas pessoas que precisavam muito uma da outra, e precisar de alguém é, muitas vezes, mais forte do que o amor. E era isso que os manteria juntos e seguros por muito tempo. Até quando? Ninguém saberia dizer.

A CAIXA DE TELMA

Tinha um olhar fixo, vidrado, quase um sono de olhos abertos. Fitava a parede sem quadros e podia jurar que estava dormindo. Embora visse a chave pelo lado de dentro da sala, sentia-se presa, enclausurada nela mesma, numa caixa cheia de poeira, angústia, preguiça e solidão.

Telma abriu a bolsa, procurando um remédio para dor de cabeça que ela sabia que sentia sempre que se aproximava o horário do almoço. Enfiou a mão na carteira e junto veio a comanda do restaurante árabe em que ela ia todo sábado nos últimos dez anos, o extrato da poupança de duas semanas atrás, a nota fiscal de um CD que comprou nas lojas Americanas, menos a pílula para a enxaqueca.

Se deu conta de que guardava trecos sem serventia que só mostravam como o tempo tinha voado e que poucas coisas nela não permaneceram exatamente iguais. Continuava comendo as mesmas comidas, ouvindo as músicas que já conhecia, e com o eterno pânico de ter o dinheiro da conta roubado.

A vida parecia que tinha passado como um foguete e, ainda assim, continuava sendo o marasmo de sempre. Ainda sonhava em ser cantora e dar voz aos delírios que era obrigada a reprimir. Mas fora esse sonho, Telma quase não cantava. Passava o dia trancada no escritório com sua loucura contida.

Sozinha na sua sala, enquanto olhava para a chave que balançava com o vento do ar-condicionado, decidiu que não ia trabalhar. Hoje não. Ficaria sentada escrevendo músicas que gostaria de interpretar nos palcos, se martirizaria por tudo o que queria fazer e não podia. Seria imprudente, irresponsável, só um dia, só hoje.

Sentiu vontade de chorar, de colocar a cabeça sobre os joelhos e sofrer à vontade. Estava triste, estava como sempre ficava normalmente. A tristeza lhe dava a sensação de estar voltando para tudo aquilo que era de fato. Segurou o pranto, não podia chorar no trabalho, não tinha esse direito, seus direitos incluíam apenas: décimo terceiro salário, férias, licença maternidade. Mas ela nunca foi mãe, nunca quis, na verdade, não deu tempo. A vida passou tão depressa que só conseguiu trabalhar, chorar escondida, comer um quibe, enfrentar a fila das lojas Americanas e ir ao caixa eletrônico toda semana consultar o saldo da poupança, porque nunca confiou em ter aplicativo de banco no celular.

Ela lembrava-se bem de quando era criança e de quando lhe disseram que estava na menopausa. Não parecia que tinham se passado quarenta anos entre esses dois momentos.

Quando faltavam cinco minutos para dar meio-dia, começou a se preparar para ir almoçar. Pegou a carteira, desligou o ar-condicionado, trancou a sala e saiu. Não sentia fome, mas tinha muita vontade de comer. Era terça-feira e sabia de cor o prato do dia e a sobremesa, o suco tomaria de maracujá porque precisava dormir bem à noite.

Atravessou a rua, o restaurante ficava do outro lado, e era sempre uma das primeiras a chegar. Comia sempre com pressa, como se tivesse algo muito importante para fazer, mas nesse dia, mastigou devagar, como se a boca estivesse cheia de aftas. Mordia pensando no dinheiro na poupança e na monotonia da própria existência. Enquanto cortava a alface, olhava para as pessoas sentadas ao lado e se perguntava se a vida delas era igual à sua: uma sequência de acontecimentos premeditados e esperados que nunca fugiam do roteiro.

Quando estava quase convencida de que a biografia de todo mundo era um grande emaranhado de situações tediosas e já sentia o gosto de resignação e tomate, uma turma de tênis e mochila aparentando uns trinta anos chegou fazendo barulho. Telma imediatamente pensou que eram um grupo de pessoas felizes, porque para ela todo mundo que é barulhento é assim porque a felicidade está transbordando pela boca.

Viu o crachá que tinham no pescoço, trabalhavam numa agência de publicidade que ficava a duas ruas do restaurante. Ao contrário dela, que precisava usar terno e calça de alfaiataria, eles vestiam o que queriam, andavam em bandos e riam muito. Telma não se aguentou e começou a imaginar a rotina deles. A que horas entravam no serviço, se paravam no meio do expediente para fofocar uns sobre os outros. Ela nunca fuxicava com ninguém porque tinha preguiça de sair da sala, além disso morria de medo de o chefe aparecer bem na hora em que houvesse se ausentado do seu posto, por isso, em todo o tempo em que trabalhou nesse escritório, só saiu para mijar, trocar o absorvente e pegar impressões na copiadora.

Após poucos minutos observando aquelas pessoas, Telma ficou inconformada. O ânimo e a disposição delas a deprimia, mas ao mesmo tempo a enchia de esperança. Sentia raiva do bando, porém queria ser como eles, e algo lhe dizia que poderia conseguir esse feito. Observou o que eles pediriam para comer, não escolheram o prato do dia nem suco de maracujá. Se serviram de churrasco e de guaraná antártica com muito gelo. Telma pensou em pedir o mesmo porque lembrou que guaraná dá energia e talvez esse fosse o motivo da animação de todos eles.

Chamou o garçom e pediu o refrigerante com muito gelo, mas depois do terceiro gole, não ficou disposta ou animada, só com uma queimação no estômago que não sentia desde o Réveillon, quando tomara vinho branco.

A esperança de ser como eles foi se dissipando, olhou para a sua mesa e não tinha ninguém além dela e de um vaso de flores velhas cheia de cocô de mosca. Telma se sentiu ridícula por pensar que poderia ser como os publicitários descolados. Ficou tentando se convencer de que tinha um bom trabalho e uma ótima vida, pensou no salário que ganhava, que não era muito, mas era o suficiente para nunca ter pedido demissão.

Volta e meia escutava as gargalhadas da galera e acabou se lembrando de quando tinha trinta anos e só pensava em terminar a pós-graduação e ter um emprego de carteira assinada. Depois que conseguiu o que ambicionava, Telma parou de desejar. Já não sabia o que querer, tinha conseguido tudo, e o resto lhe parecia sem muita importância.

Sempre que ousava cobiçar algo diferente, se freava e dizia para si mesma que se conformasse com o que havia conseguido porque muitos dariam tudo para ter o que ela tinha. E assim não se permitia almejar nada além daquilo de que já dispunha.

Voltou a comer rapidamente como nos outros dias, nem quis a sobremesa, passou seu vale alimentação e saiu sem olhar para trás. Embora tivesse fugido do restaurante, a cena a acompanhou até o trabalho. As risadas, o tênis, o crachá, tudo estava armazenado em sua mente.

Entrou na sala, ligou o ar-condicionado e ficou sentindo o vento frio no rosto. Sentou-se e viu que na escrivaninha havia um papel dobrado. Quando abriu ficou quase feliz. Leu com calma, olhou para os lados com um sorriso sonso nos lábios. Estava de férias e nem tinha se lembrado. Trinta dias sem o cinza e o silêncio do escritório. Sairia de lá e entraria em um colorido de carros, árvores, pessoas, ônibus. Sentiria a dor fora do cinza, a dor do contraste.

Saiu da repartição devagar, com a mesma alegria dos alunos preguiçosos quando falta o professor. O que faria com tamanha liberdade, com tanta cor, com segundas que pareceriam sábados?

Percebia-se cinzenta, enquanto todos em sua volta pareciam coloridos e bregas como os cenários de Almodóvar. Telma tinha o requinte que tem a sobriedade, a elegância *blasé* dos angustiados, a aflição dos que pensam demais.

Na rua, sentiu pequenos pontos coloridos se alargarem dentro dela. Tinha uma tela vazia esperando por cores, mas ela não sabia mais colorir, estava imersa no monocromático da rotina cinzenta. Deu meia volta, entrou na sala, rasgou o papel, ligou o computador e a luz amarela. Voltou para tudo o que a angustiava e a entristecia, não quis sair dali porque teve medo de descobrir que a palidez dos seus dias não tinha nada a ver com aquele lugar. E como a mulher elegante que era, preferiu a sobriedade, sem cores, sem contrastes. Somente o cinza, o silêncio, a dor, e a caixa. A caixa de Telma.

A MENINA CHORONA

Quando criança, uns dois ou três anos, quase nunca chorava. Com o tempo foi criando afeição pelo drama, derramava lágrimas por quase tudo, num pranto contido, de quem não quer ser visto vulnerável.

Aos doze anos choramingava, mesmo quando não queria. A casa estava sempre cheia de gente e era justamente nesses dias em que se danava a lamuriar-se, nem sabia muito por quê. Se alguém falava que ela estava ficando uma moça, tremia o queixo e os pingos começavam a cair, corria para o banheiro, lavava o rosto vermelho, se olhava muitas vezes no espelho antes de sair e encarar as pessoas.

Como era difícil saber que todos percebiam a sua fragilidade. Mas o pior era não enxergar essa mesma característica nas outras pessoas ao seu redor. Elas estavam sempre bravas, felizes, cansadas e até mesmo tristes, mas nunca derramavam um pingo sequer dos olhos. Por isso, achava que só ela sofria, nunca vira ninguém chorando, aprendera tudo sozinha, os soluços, o jeito de limpar o nariz na blusa, tudo foi desenvolvido com muita prática.

Os anos se passaram e ela ficou cada vez mais habilidosa, conseguia soluçar sem que percebessem, o rosto não ficava mais com inchaços e rubores, as lágrimas eram elegantes e escorriam delicadamente ao ponto de não precisar de roupa para assoar o nariz.

A menina acreditava que, quando crescesse, sua fragilidade diminuiria porque sempre achou os adultos muito fortes e insensíveis e, por isso mesmo, seu maior sonho era se tornar um deles. Queria embrutecer-se como a tia Margarida, que sempre que a via chorar lhe dizia para criar vergonha e parar de besteira, enquanto os primos riam de satisfação por não serem os únicos a levarem bronca da mãe mal-humorada. Seu sofrimento tinha virado motivo de riso porque quando vinha, ela não conseguia segurá-lo. Além disso, o lamento chegava toda vez em momentos inusitados e por causas quase sempre banais.

Com o tempo, a sua dor se tornou invisível, assim como ela. A idade era inversamente proporcional à visibilidade. Quando fez dezoito anos, quase ninguém lhe perguntava se estava bem, e se sabiam que a resposta era não, poucos ligavam para isso. Então ela começou a sorrir por tudo, mesmo sem a menor vontade, passou a gargalhar até nas horas tristes. Se lhe diziam estar feia, mostrava os dentes num gesto de simpatia, se tropeçava, aproveitava para rolar no chão caindo na risada.

Ninguém entendia nada, ela que antes era uma menina abatida agora era uma mulher eufórica, e por isso mesmo não achavam mais graça nela. A sua felicidade repentina não era motivo para zombaria, somente a tristeza dela alegrava a todos, só a sua dor era capaz de arrancar gaitadas de satisfação. Foi assim que ela percebeu o quanto a sua alegria, ainda que fajuta, era capaz de acabar com a dos outros. Sentiu até vontade de chorar nessa hora, porque embora fosse adulta não tinha se tornado insensível como tanto queria. Mas engoliu o choro e se obrigou a ficar ainda mais feliz porque, como todos os adultos, tinha aprendido a esconder o que sentia.

O OMBRO AMIGO

Para mim, todos os dias parecem domingos. Daqueles em que tudo já foi feito durante a semana e não se tem mais nada pra fazer. Acho que consegui cem por cento do que alguém da minha idade gostaria de possuir, só não sei se alcancei o que eu queria atingir com essa idade. Fiz tudo apressada que nem lembro aonde queria chegar com tanta rapidez.

Aos vinte e dois anos me casei, estava no último ano da faculdade e pensei que não podia esperar muito, tinha um namorado que trabalhava, quase não bebia e só era grosseiro comigo de vez em quando. Não podia existir ninguém melhor para mim. E quem escolhe muito, acaba sem ninguém.

Eu me casei, me formei, arranjei um serviço perto de casa e, após dois anos de casada, engravidei pela primeira vez. Tinha marido, diploma, descendente e um emprego aos vinte e cinco.

Quando me perguntavam qual era a sensação de conseguir tão cedo o que todos sonhavam ter, eu estufava o peito me sentindo o máximo e me convencia do quanto era confortável esse lugar de ter o que muitos cobiçavam.

É como ir ao show da banda que faz sucesso em vez de ir ao daquela de que se gosta de verdade; você pode até achar ruim, mas de tanto ouvir que foi bom, acaba se convencendo disso. Mas, quando esqueço o que pensam de mim e reflito sozinha a meu respeito, me acho uma espécie de cronômetro que faz tudo sem parar, para não pensar no que está fazendo.

Tenho duas filhas, e antes de ser mãe e esposa eu gostava muito de ficar sozinha. Tive um quarto só pra mim quando morava com meus pais, acho que foi a última vez em que soube o que era meu. Hoje em dia, tudo o que tenho é da minha família, nem minhas coisas me pertencem mais, estão sempre com alguma das meninas.

Aos trinta eu era uma mãe de duas crianças, com um casamento longo, um trabalho estável, viagens nas férias, amigos casados e tão "felizes" quanto nós. Não me faltava nada, eu estava completa.

Mas agora, após tanto tempo, me dei conta de que não tenho tudo, eu tenho o de sempre. Alguém pode ser feliz com a mesma coisa por tantos anos?

Decidi que não vou acordar ninguém com o cheiro do meu café, vou deixar que durmam o quanto quiserem. Estou com vontade de sair, resolvi ir à praia.

Pego a chave do carro sem meu marido ver, a canga da minha filha mais nova e os óculos escuros da mais velha. Encho a bolsa com tudo o que eu costumava preparar para eles no café da manhã, hoje vou me tratar como os trato.

Entro no veículo e descubro o quanto gosto de dirigir sem ninguém me dizendo o que devo fazer. Quase ninguém nas ruas, todos dormem, menos eu, eu estou bem acordada como há muito tempo não estava. Chego perto da praia, sinto a maresia se aproximando de mim. De frente para o mar, não recordo se já estive aqui antes. Estou só eu e ele. Eu e o pavor de mergulhar, eu e meu medo do fundo.

Ando devagar até a beira, mas hoje não vou ficar na superfície como fiz a vida toda, vou atrás da profundidade, mesmo que eu corra o risco de nunca mais voltar dela.

Entro com calma. O frio da água me invade lentamente, pulo e corro pelas ondas, toco nele, beijo-o e engulo o mar. Só agora descobri o quanto eu o amo e o quanto ele me apavora. Está vindo uma onda gigante, sinto pavor e a encaro, espero que se aproxime e a atravesso com a mesma força que tenho atravessado meus dias. Ela se foi e eu volto à superfície, cansada, sem fôlego e com uma alegria fatigada que me faz o coração palpitar.

Luísa se debatia mexendo os braços e as mãos, a cabeça pendia para um lado e nos lábios um sorriso discreto, o peito cansado inspirava e expirava rapidamente. As filhas e o marido a observavam pela porta, espantados sem saberem se a despertariam do sonho que estava tendo havia mais de uma hora. Sem dúvida a acordariam em breve, não aguentavam mais esperar pelo café.

Ao sentir um cutucão frio nos pés, Luísa pulou da cama assustada. Olhou ao redor e se deu conta de onde estava: no lugar de sempre. Ao vê-la acordada, todos seguiram satisfeitos para a cozinha e ocuparam seus lugares à mesa, como patrões que esperam a empregada.

Luísa se sentou na cadeira que ocupava havia tantos anos e começou a observar a família. Ela não conseguiu comer quase nada, enquanto isso Alberto mal engolia a última garfada de bolo e empurrava outra na boca, depois falava coisas idiotas a respeito das notícias no jornal. As filhas faziam questão de não dividir com a mãe as coisas engraçadas que viam no celular uma da outra. Pela primeira vez, Luísa observava a família desse jeito, com um olhar diferente, de quem sente desprezo.

Levantou-se da mesa antes de todo mundo e, quando voltou para a cozinha não havia mais ninguém lá, só xícaras sujas com moscas rondando. Nem isso os infelizes eram capazes de fazer: tirar as louças da mesa. Sentiu raiva ao perceber que sempre fora uma empregada. Dedicara-se a vida inteira a uma casa que nunca ficou limpa e a uma família que não dava a mínima importância para ela.

Arrumou tudo e foi para o banheiro chorar. Chorou de raiva e comiseração. Pensou em tudo o que tinha deixado de fazer para cuidar daquele bando de preguiçosos, e se perguntou, quase sem esperança, se ainda daria tempo de fazer tudo o que não fez. Calculou que ainda teria alguns anos pela frente, e que não conseguiria passar todo esse tempo olhando para aquela corja de folgados que só abriam a boca para comer e falar asneiras. Olhou-se no espelho sobre a pia e ainda viu um pouco de si, daquela Luísa que podia ser mais do que uma serviçal.

À noite, quando o marido e as filhas saíram arrastando os chinelos e procurando o que comer, Luísa fingiu que não estava ali. Alberto abriu a geladeira e os armários, olhou por cima do fogão e perguntou:

— O que a gente vai comer?

— Não tô com fome — disse olhando para as unhas recém pintadas.

— Mas eu tô — falou Alberto passando a mão na barriga.

— A gente também tá — disseram as garotas em coro, enquanto respondiam qualquer coisa sem importância no celular.

— Então façam a comida de vocês.

A família achou que tivesse ouvido errado e se assustou com a resposta. Luísa sentiu um frio na barriga enorme, aquele que toda criança tem quando dá pela primeira vez uma resposta malcriada aos pais. Mas Luísa também experimentou a alegria própria dos transgressores.

— Acho que vou fazer esse mingau — disse Alberto tirando do armário uma lata do produto.

Ela não disse nada, mudou o canal da tevê na qual passava a novela das nove e colocou em um de viagens. Ficou novamente com medo da reação de todos, que na verdade nem perceberam a mudança porque estavam concentrados em prepararem seu próprio jantar.

Enquanto o marido lia atentamente as instruções do rótulo da lata de mingau, as meninas resmungavam na tentativa de comoveram a mãe. Quando viram que não iam conseguir nada, começaram a puxar dos bolsos alguns trocados e desceram para comprar pizza.

Luísa se sentou no sofá e enquanto fingia assistir à televisão, observava o marido desajeitado fazer uma receita com dois ingredientes: leite e o mingau. Ela viu a bebida ferver, estava a segundos de derramar, mas não falou nada, deixou que o líquido derramasse e o marido perdesse metade da refeição. Como ela gostava de vê-lo fazer a própria comida.

Shiiiiiizzzzzzzz.

O leite derramou no fogão e Luísa riu por dentro. Alberto bufou de raiva, mas não disse nada, apagou o fogo, tomou o que tinha sobrado e foi dormir com fome.

As gurias chegaram sem nada nas mãos, comeram tudo na rua para não precisarem dividir com ninguém. Foram cada uma para seu quarto, como sempre faziam depois que enchiam a barriga.

Quando todos já estavam deitados, Luísa foi até à cozinha e preparou um banquete. Abriu um vinho e colocou baixinho um CD de uma cantora cubana que ela adorava, mas a família detestava porque diziam que era música de comunista.

Enquanto bebia e se deliciava com os quitutes, dançava sozinha agarrada ao pano de prato que estava sempre ao seu lado, ele sim era um ombro amigo. Gargalhava lembrando-se do marido cozinhando e das filhas contando moedas para terem o que comer. Sentiu um prazer que havia muito não sentia, aquele que se tem quando se faz algo que ninguém está esperando.

A VERGONHA DOS QUE CAEM EM SI

Verônica nem acreditava no que estava acontecendo, finalmente um dos seus sete livros foi reconhecido e se tornaria uma peça de teatro. Seria o auge, daria entrevista para a TV Cultura, talvez até um prêmio de melhor texto fosse parar na estante do seu apartamento velho.

Às três horas da tarde se arrumou da maneira mais despretensiosa possível, queria parecer uma escritora interessante e talentosa, mas como todas essas características nunca vêm sozinhas também queria parecer meio *blasé*. Fez um rabo de cavalo e botou um blazer cinza com um *All Star*. Agora parecia uma escritora que teve obras adaptadas para o teatro, quem sabe até cinema. Na verdade, essa era a primeira ainda, mas os outros livros com certeza seriam descobertos, amados e adaptados.

Entrou no metrô. Resolveu chegar ao encontro assim para passar aquela ideia de alguém sustentável, sem carro, desapegada. Quase quarenta anos de idade e sem carro, por pura opção. O que era mais ou menos verdade porque ela até tinha essa consciência, mas também não tinha grana, o que ajudava a colocar o idealismo em prática. Chegou ao lugar marcado. Era um teatro bonitinho, numa rua cheia de árvores e lojas de departamento. Entrou, o coração na boca, as mãos suando, parecia que ia encontrar alguém por quem estava apaixonada.

Um rapaz com cara de sono e preguiça, segurando um copo de café, se aproximou dela e perguntou:

— Você é a Verônica Braga?

Ela, tentando manter o plano de parecer *blasé*, fez cara de perdida e disse que sim. O rapaz, pouco entusiasmado, disse "vem cá", e foi em direção a uma sala que estava protegida por uma cortina roxa que escondia um camarim fedido a incenso e inseticida. Verônica o seguiu achando que daria de cara com algum diretor famoso ou com um elenco de pessoas talentosas e ficou desapontadamente surpresa.

A sala estava cheia de pessoas que falavam sorridentemente sozinhas. Sozinhas não, com as câmeras de seus celulares. Que diabos é isso, se perguntou. E de repente foi puxada para perto de uma garota com voz irritante, dentes de porcelana e lábios gigantes. A menina enfiou a câmera na cara de Verônica, obrigando-a a ficar de rostinho colado com ela. No mesmo instante, a garota tirou a câmera do rosto e ficou vidrada na tela, escrevendo insanamente. Verônica ficou sem saber o que fazer, mas achou que aquilo era parte da divulgação da peça. Puxa vida, ainda nem estrearam e já estavam convidando as pessoas, pensou.

Depois de ficar um bom tempo sentada, alguém muito simpático se aproximou dela e a chamou para conversar. Era Paula, a pessoa responsável por adaptar seu livro a pedido de uma atriz muito conhecida que desejava fazer a personagem principal.

— Então, Verônica, como eu te falei, essa parceria que vamos fazer só foi possível graças a uma atriz que amou o seu livro e decidiu adaptá-lo para o teatro.

— Pois é, eu lembro.

E o plano de ser a escritora antipática e nem aí pra nada continuava a todo o vapor, Verônica falava pouco e queria parecer inquieta, olhando para os lados.

— Acho que está na hora de você conhecer a nossa grande atriz, se é que você já não a conhece, ela é muito famosa. Vem cá, Malu.

A pessoa que se aproximava não era mesmo uma desconhecida para ela. Tinham acabado de se conhecer. Era a garota do celular, a que falava sozinha com o aparelho telefônico. Verônica não sabia o que dizer, aquela menina não tinha nem idade para fazer a personagem, a ideia era ser uma pessoa mais velha e de preferência que fosse atriz de verdade. Malu deu um tchau enquanto terminava de escrever alguma coisa muito importante no celular, em seguida chegou perto de Verônica e falou muito seguramente:

— Você deve tá pensando que eu não sou atriz, né? Mas eu sou, tenho DRT e tudo. DRT, o registro para poder ser atriz e tal, fiz escola de teatro desde os doze anos.

Verônica, num impulso que só os irados têm, cochichou:

— Eu tenho OAB desde os vinte e dois, nem por isso saio por aí defendendo a torto e a direito.

— O quê?

Verônica balançou a cabeça em um gesto de negação.

— Como eu tava falando, tenho uma longa carreira de atriz, mas nunca tive uma grande oportunidade, sabe? As pessoas têm muito preconceito com quem trabalha com publicidade. Eu sou *digital influencer*, não sou blogueira como as pessoas falam, mas minha paixão mesmo são os palcos e futuramente quero começar no cinema. Mas, se você não fizer teatro, as pessoas não te respeitam no Brasil, isso é tão ultrapassado.

Verônica fuzilava a garota, mas ela era tão centrada nela própria que nem percebia o que os outros a sua volta estavam fazendo. O telefone de Malu tocou, não era ligação, era alguma mensagem cheia de figuras com um texto idiota que quem a via lendo jurava que era questão de vida ou morte.

Verônica, ainda sem saber o que falar, se sentou numa poltrona velha enquanto Paula se aproximou.

— Não gostou dela? É meio maluca, mas tem muita influência na internet, todo mundo vai querer ler o seu livro depois que souberem que Malu Gil vai fazer a personagem principal no teatro.

Verônica era incapaz de falar uma palavra, só pensava consigo mesma que grande merda seria essa peça. E tinha que ser logo com meu livro preferido?, o *Gerusa*, se perguntou. A minha personagem mais incrível, cheia de nuances, ironias, aposto que essa menina não entendeu nada das entrelinhas da personagem, pensou incrédula.

— Por que tem que ser ela a atriz? Vocês não pensaram em mais ninguém?

— Querida, acho que você não entendeu. Eu estou adaptando o seu livro a pedido da Malu, não existe uma equipe por trás disso tudo com patrocinadores, roteiristas ou algo do tipo. A Malu vai custear tudo e ela nunca faria isso para outra atriz interpretar a personagem principal.

Verônica ficou ainda mais incrédula, a menina não tinha idade, mas tinha muita grana. Esse mundo era mais injusto do que ela podia imaginar.

— Então quer dizer que foi a Malu que gostou do meu livro e partiu dela a ideia de fazer essa peça?

— Exatamente.

Verônica sentiu vontade de ir embora e deixar que fizessem como quisessem essa bendita peça. Mas uma coisa ficou martelando na sua cabeça, porque a questão era mais complexa do que tinha imaginado. Se o livro era tão incrível e Malu tão visivelmente imatura, despreparada e até meio burrinha, como uma pessoa assim gostaria de um livro tão inteligente e perspicaz? A resposta era tudo o que ela não queria admitir, talvez o livro não fosse tudo isso, porque se o fosse, Malu nem teria gostado. Nessa hora, sentiu uma vergonha tão grande, a vergonha dos boçais que caem em si e tentam se redimir.

Das duas uma, ou a garota era melhor do que parecia, ou o livro era pior do que imaginava. Independentemente de qual fosse a resposta, Verônica sabia que a sua era uma só, aceitaria vender os direitos autorais do livro e entregaria nas mãos de Deus. Precisava do dinheiro e da visibilidade, resumindo, precisava ser uma Malu Gil, só que mais velha. Entregou os papéis que trouxera de casa assinados e torceu para nunca se arrepender disso. Recusou o convite para assistir ao primeiro ensaio, mentiu que tinha consulta médica ali perto, mas que em breve retornaria para assistir à estreia. Saiu de lá pensando em qual desculpa inventaria justamente para esse dia que estaria por vir.

A FELICIDADE OBSCENA

Andando meio sem direção, ela tinha uma certa alegria, a alegria de quando se ganha dinheiro mais do que o de costume. Sentiu uma certa resignação, afinal de contas todo mundo sabe que os livros são sempre melhores do que os seus respectivos filmes, suas peças ou novelas. Estava tudo certo, a culpa de a peça ser ruim, porque ela tinha certeza de que seria, não era dela, era de Paula, de Malu e de todos os outros que ainda surgiriam dali pra frente. Feliz por ter a quem culpar pelo fracasso da futura peça, seguiu seu caminho se achando a mais esperta das mulheres e a mais injustiçada das talentosas escritoras.

***

No dia da estreia da peça, que foi em uma quinta-feira nublada, Verônica estava mais tranquila do que imaginou que ficaria. Dormiu bem e saiu para comprar uma roupa nova. Não tinha ido a nenhum dos ensaios e tudo o que veria seria totalmente surpreendente para ela, só não sabia se seria uma surpresa boa ou ruim. Não chamou ninguém para acompanhá-la, não queria testemunhas da sua reação que nem ela mesma sabia qual seria. Saiu de casa com uma certa emoção, que era na verdade medo e uma dose homeopática de alegria.

Sentou na primeira fileira, o seu nome estava na poltrona, não teve nem o trabalho de escolher um lugar. Muitos chegavam e se sentavam ao seu lado, todos acompanhados, ela era a única que não tinha ninguém para conversar aos sussurros como fazem a maioria das pessoas nos teatros. Ficou empurrando as cutículas das unhas para passar o tempo e observando fixamente o palco vazio. Olhou para o relógio e faltavam apenas cinco minutos para o espetáculo, que poderia ser um desastre, começar. As luzes se apagaram, e Malu surgiu no palco.

Verônica ficou surda de tão nervosa, só via imagens em um fundo escuro sem saber o que dizia a personagem; somente depois dos dez primeiros minutos começou a ouvir, nesse instante desejou ficar surda de novo. A voz da garota era estridente e irritante, o figurino não era da personagem, mas sim da própria "atriz". Gerusa, não usaria nunca saia jeans, mas ninguém estava nem aí para Gerusa, todos queriam saber de Malu. A garota arrancava risos histéricos de uma plateia que só agora Verônica percebera que tinha algo em comum: a mesma idade. Todos eram adolescentes. Nesse momento, o horário da apresentação fez todo o sentido, dezessete horas parecia bem apropriado para essa turma.

Por mais que não quisesse admitir, o texto se parecia muito com o que estava no livro, algumas coisas estavam muito fiéis a sua obra, e foi aí que ela percebeu qual teoria estava certa. Era a de que seu livro era ruim, não ruim para aquele bando de adolescentes, mas era ruim para ela mesma. Vendo aqueles diálogos imbecis e óbvios percebeu que nunca se deixaria encantar pelo próprio livro. Mas Malu se encantou. Graças a Deus que essa menina se encantou, pensou. Agora estava em um teatro lotado, torcendo para ninguém descobrir que ela era a autora da montagem e já pensando em mais uma história ruim para ser interpretada por Malu, Vanessa, Kiara, qualquer uma dessas que vivem na internet e ganham muito dinheiro.

Saiu de fininho do teatro, e mesmo que não saísse à francesa, ninguém notaria sua ausência. Triste por se dar conta do fracasso que era como escritora, imaginou como devia ser melhor a vida de quem não sonha com o sucesso, e melhor ainda dos que não esperam o prestígio. Agora ela era só esperava pelo metrô, sozinha, numa quinta-feira nublada.

ESSA COISA

Foi a primeira vez que senti isso. Nem sabia que criança podia ter essas coisas. Quando ela apareceu era de tarde, quarta-feira, na minha casa. Eu estava no quarto e tentava descobrir algo novo para fazer que não fosse assistir à televisão nem falar com Sarita. A tevê e a minha voz me ajudam a não ficar em silêncio porque eu tenho muito medo dele. Não tenho medo do escuro, nunca tive, porque se eu estiver nele e começar a tagarelar fico bem, mas se eu estiver em qualquer lugar em silêncio me apavoro.

Nesse dia, não pude falar com Sarita porque meus pais estavam em casa e não gosto que me escutem conversando com os amigos que só eu vejo, então fiquei calada, pensando em como romper aquele silêncio sem fim. Comecei a assoviar, mas meu assovio parecia um escarro de gente doente e parei. Sempre desisto de tudo na primeira tentativa. Continuei em silêncio, sem assovios, conversas imaginárias ou televisão. Também não quis ler porque estava com muita preguiça e fiquei apenas olhando para o teto.

Desci da cama e segurei na grade que dava direto para a rua ao lado. Fiquei olhando para os garotos que corriam e gritavam na rua feito loucos. Achei tudo muito injusto porque eu estava sozinha, presa em silêncio, enquanto eles estavam soltos aos berros.

Saí do quarto e fui para a cozinha. Minha mãe ria, vendo umas coisas na televisão, enquanto meu pai conversava muito animado não sei com quem ao telefone. Parei e fiquei vendo o que ela assistia, mas não consegui ver graça nenhuma naquilo. Fiquei chateada por não ter a mesma facilidade que ela para rir das coisas. Perguntei se podia me sentar na calçada de casa e ela disse que sim, acho que quis que eu saísse um pouco de perto dela.

Me sentei e fiquei olhando para a rua. Não tinha quase ninguém além dos meninos que brincavam. Eu já nem sabia mais se queria ser como eles, ficar correndo igual doido na rua. Sentar na calçada e observar a loucura dos outros parecia muito melhor. Eu me distraí vendo a diversão deles, mas aquilo não passou.

Aquilo continuou mais forte. Vou dizer o que é. Parece muito com preguiça, porque você não sente vontade de fazer nada, nem de falar com sua melhor amiga imaginária. Parece também com raiva porque você não suporta ver alguém feliz e quer que ele fique igualzinho a você. É muito ruim sentir uma coisa que você não sabe o nome, só que agora eu já sei porque minha mãe, sem querer, me disse o que eu tinha. Quando eu já estava sentada havia mais de duas horas na frente de casa, ela me chamou para entrar porque estava escurecendo. Me levantei e fui entrando de cabeça baixa, pensando nos moleques da rua. Ela trancou o portão e me perguntou:

— Por que você tá triste?

Eu respondi:

— Eu tô triste?

Ela balançou a cabeça que sim e sumiu antes que eu pudesse falar qualquer coisa. Na hora do jantar, quase não comi. A comida estava boa, mas o problema é que eu não sentia fome, enquanto isso meus pais comiam sem parar e abriam latas de cerveja. Aquele barulho de lata se abrindo era tão irritante quanto os gritos e as comemorações que eles faziam a cada gol do Corinthians.

Fui para meu quarto, só que não consegui dormir bem. Eu ficava pensando por que eu estava triste se não tinha acontecido nada além do de sempre. Eu continuava tendo só uma amiga, a Sarita, e meus pais nunca brigavam comigo. Eu não tinha motivos para estar assim, por isso mesmo pensei que, quando um novo dia começasse, eu não estaria mais triste. Mas, quando acordei, continuei sentindo a mesma coisa de antes de dormir.

Mesmo assim fui para a escola, eu queria perguntar para todo mundo se eles já tinham sentido isso. Quando cheguei na sala todo mundo parecia tão feliz, correndo e pulando de um lado para outro, então não tive coragem de perguntar, eu já sabia a resposta.

Nessa hora minha professora entrou. Ela não tinha aquela alegria irritante das crianças, era séria, bonita e inteligente, com certeza saberia responder à minha pergunta.

Depois da aula, esperei todo mundo sair, fui até à mesa dela e perguntei com muita vergonha se ela já tinha ficado triste algum dia. Ela ficou surpresa com a minha pergunta, segurou minha mão, olhou nos meus olhos e disse, sem nenhuma vergonha:

— Mais do que gostaria.

— Como assim? — perguntei, confusa.

— Todo mundo sente tristeza. Você é muito pequena para entender, mas é que a vida não permite que a gente sinta só coisas boas, entende?

— Aham. Mas se é assim por que algumas pessoas estão sempre felizes?

— Elas não estão sempre felizes, elas só parecem que estão.

— Então essas pessoas são como as meninas da minha rua que dizem que têm uma Barbie de verdade, mas nem têm.

Minha professora riu sem querer e continuou me explicando:

— Imagina que a felicidade é um brinquedo que não está à venda. Aí, de vez em quando, algumas pessoas conseguem esse tal brinquedo, só que emprestado, mas como não é delas, têm que devolver.

— Eu acho horrível quando todo mundo tem um brinquedo menos eu. A felicidade é esse brinquedo que só eu não tenho.

— Você queria ter?

— Não sei, professora. Tô confusa agora.

— Confusa com o quê?

— É que eu não sei se quero o brinquedo para mim, ou se prefiro que ninguém mais brinque com ele. É que se ninguém tiver, eu não me importo de não ter também. Mas se alguém tiver o que só eu não tenho, aí é claro que eu vou querer.

Ela fixou os olhos no teto como se refletisse mais do que o normal. Depois mexeu no cabelo para tentar não se atrapalhar enquanto me explicava mais um pouco.

— Então se você descobrir que outras pessoas são tristes você vai se sentir melhor?

Fiquei pensando em todas as pessoas que conhecia e imaginei elas sentindo o que eu sentia agora e respondi imediatamente:

— Vou sim.

— Então saiba que não existe ninguém no mundo que nunca tenha sentido essa tristeza que você sente agora.

— A senhora tem certeza disso? — perguntei, cheia de esperança.

— Essa é uma das poucas certezas de que tenho na vida.

Saí correndo da sala. Quase me esqueci da tristeza. No caminho de casa, vim chutando pedras e imaginando que todos ao meu redor eram como eu. Entrei em casa e estava tocando uma música tão alta que ninguém escutou quando bati o portão, a letra era engraçada e mandava sentar.

Minha mãe estava na sala, com as mãos nos joelhos, rebolando os quadris, depois pulava e balançava os braços. Quando me viu, me puxou para dançar, mas eu não senti vontade e fui fazer o que o cantor mandava: me sentei. Fiquei olhando para minha mãe e senti uma vontade enorme de rir. Ela não dançava muito bem e ainda tentava cantar a letra da música, o que deixava tudo muito mais engraçado. Mesmo sem muita vontade, me levantei e comecei a me mexer, meio tímida de um lado para outro.

Quanto mais eu olhava para a alegria da minha mãe, mais eu me esforçava para ser como ela. Comecei a pular cada vez mais rápido, eu jogava a minha tristeza para cima e para baixo na tentativa de fazer com que ela fosse embora. Mas ela não foi. Ficou comigo a dança inteira, só que agora escondida. Eu dançava e sorria mesmo sem querer porque é muito ruim ser a única triste no meio de quem é feliz o tempo todo.

ADULTÉRIO POR ACASO

Stela se arrumava no quarto enquanto o marido limpava a casa. Ela não sabia muito bem o motivo que o fazia andar com o pano de prato nos ombros, uma vassoura na mão e com a testa pingando suor, imaginou que receberia alguém, talvez a mãe ou o irmão.

Ele, ao vê-la quase pronta no quarto, perguntou, afirmando:

— Você vai sair, né?

— Vou. Marta e Roberto convidaram a gente pra jantar na casa deles….

Ela ia completar a frase com um "lembra?", mas achou desnecessário, porque sabia que ele lembrava. Ultimamente Stela pensava muito e falava pouco, tinha preguiça de conversar com o marido.

— Vou receber visita hoje, não vou poder ir com você. Manda um abraço pra eles.

Quando ele não falou quem iria receber, Stela percebeu na hora quem seriam as suas visitas: os amigos insuportáveis do trabalho. Os que falam alto e deixam cerveja por todos os cantos da casa, os que têm cara de nojo de tudo e olham para as fotos espalhadas pela casa dizendo que quando visitaram aquele lugar antes, era muito mais bonito.

Respirou aliviada por já ter compromisso para aquela noite. Pensou em perguntar qual o motivo da reunião, mas lembrou que eles nunca tinham motivo para se reunirem a não ser a necessidade de mostrarem para seus seguidores que tinham uma vida social interessante, embora pouco interagissem entre eles.

Borrifou algumas vezes o perfume que costumava usar à noite, encheu os dedos de anéis e o pulmão de ar. Abriu a porta do quarto e já se deparou com duas pessoas. Sem saber muito bem como reagir, se aproximou, cumprimentou-as com um "boa noite" e pediu para esperarem o marido que estava tomando banho. Uma das convidadas, que já andava pela casa buscando defeitos na decoração, perguntou:

— Você não vai ficar com a gente, Stela?

Balançando a cabeça e sorrindo, ela disse: não. Abriu a porta, saiu e completou sua resposta: tenho mais o que fazer.

Stela tocou a campainha de Marta, que veio recebê-la com um abraço e um gato em seus braços. Como Stela amava a casa da amiga, cheia de cor e com cheiro de incenso! Desviou logo o olhar para a mesa que estava pronta, sentiu um alívio porque odiava esperar muito para comer. Era uma visita muito melhor depois que se alimentava. Para a surpresa de Stela, um homem, que não era Roberto, surgiu do banheiro.

Puxando o convidado e deixando-o quase de cara com o bichano, Marta apresentou-o à Stela.

— Esse é o Augusto, ele veio jantar com a gente...

O gato deu um pulo do colo de Marta que saiu correndo atrás do bichano. Stela sorriu para Augusto, mas se recusou a cumprimentá-lo com um aperto de mãos quando lembrou que ele acabara de sair do banheiro.

A hora tão esperada por Stela chegou, todos se sentaram e começaram a comer. A comer e a falar, a falar e a beber, menos Augusto. Ele não bebia. Marta, já sob o efeito de muito vinho, sussurrou para a amiga que ele não bebia porque tinha medo de manchar os dentes, tinha feito clareamento a laser. As duas começaram a rir descontroladamente, embora não houvesse motivo plausível para isso a não ser o álcool na corrente sanguínea.

A festa para quem é o único a ficar sóbrio é sempre menos interessante, então Augusto resolveu observar Stela. Começou pelas mãos que tinham veias muito saltadas e dedos cheios de anéis, achou muito original ela usar dourado e prateado ao mesmo tempo. Quando todos saíram da mesa e foram para a varanda do apartamento, olhou para as calças dela, uma calça branca e muito justa. Quem usa calça branca quando sabe que vai beber vinho, pensou ele.

Depois que Marta e Roberto começaram a bocejar repetidamente, Stela percebeu que estava chegando a hora de voltar para casa. Decidiu esperar um pouco e pensou em colocar uma vassoura atrás da porta, mas achou meio impossível simpatias funcionarem a distância. Levantou-se, foi até à geladeira, pegou um pouco d'água, em seguida foi ao banheiro.

Roberto, tonto pelo sono e pelo vinho, cochichou no ouvido do amigo:

— Leva nossa convidada em casa...

Stela, menos sóbria do que gostaria, abraçou Marta e Roberto ao mesmo tempo, se despedindo. Augusto observava a cena com uma certa estranheza, enquanto buscava a chave do carro.

Olhando fixamente nos olhos caídos de Stela, Augusto disse que a levaria até a casa dela. Ela prestou atenção nos dentes do rapaz, que eram mais brancos do que a calça dela.

Desceram pelo elevador, entraram no carro. Ele ligou o rádio, estava tocando Marvin Gaye. Stela começou a dançar e a cantar em um inglês "flutuante". Augusto olhou para a cena e não conseguiu controlar o riso. Stela, ao ver aquele sorriso brilhante, não conseguia parar de olhar para ele, até que chegou bem perto da sua boca para observar melhor, deixando-o envergonhado e levemente orgulhoso.

Augusto, vendo a cara de desejo que Stela fazia ao olhar para a sua boca, sentiu um frio na barriga que não sentia há anos, desde que fora assaltado. Segurou na mão dela sem nojo algum, embora tenha a visto saindo do banheiro antes de irem embora, e a acariciou. Ela achou aquilo tão estranho que nem conseguiu colocar o cinto de segurança. O carro parado, um homem afagando a sua mão, achou até que estivesse delirando. Abriu e fechou os olhos e ele continuava lá. Augusto se aproximou mais ainda, tirou uma mecha de cabelo dela que caía sobre o rosto, se mexeu no banco do carro, encostou o rosto no dela e, quase perguntando se poderia, beijou-a na boca. Ele, de olhos fechados, ela ainda de olhos meio abertos, sem acreditar que estava tão perto daqueles dentes brancos.

O beijo demorou quase a música toda. Sorriram sem graça um para o outro sem acreditarem como aquilo tinha acontecido tão rápido. Stela, meio tonta do susto e do vinho, disse para ele:

— Eu não sei se você sabe, mas eu sou casada — desviou o olhar para o chão do carro como se procurasse alguma coisa.

Augusto virou o rosto de lado e, olhando pela janela, perguntou onde ficava a casa dela. Stela fez um esforço para lembrar. Colocaram o cinto e saíram.

Depois de alguns minutos de silêncio em que só se ouvia o barulho do vento nas mãos de Stela que estavam para fora do carro, Augusto perguntou:

— Você não usa aliança? Eu olhei tanto para a sua mão hoje, tinha certeza de que era solteira.

Stela, com o olhar abatido e sem entender muito bem, tentou se explicar.

— Ela está embaixo dos outros anéis – e mostrou a aliança fina.

Augusto, puto dentro das calças que não eram brancas, trocou a estação de rádio e pediu desculpas a Stela.

— Não precisa pedir desculpas, fazia muito tempo que eu não beijava na boca. Tava precisando mesmo.

E agora foi ela quem acariciou as mãos dele, e os dois riram, um da desgraça do outro.

A FELICIDADE OBSCENA

Se alguém lhe perguntasse se estava feliz ou triste, não saberia responder. Ela estava como sempre ficava na maioria dos dias, por mais que aquele fosse diferente dos outros, com um humor de quem tenta não ser insuportavelmente deprimido nem irritantemente animado. Sentia um bem-estar próprio dos que agradecem por estarem vivos, ainda que não saibam muito bem o que vão fazer com a própria existência.

Tatiana costumava chorar muito nessa data, mas nos últimos anos o pranto perdeu o sentido de existir. O problema é que a ausência de choro não significava necessariamente que ela ficaria animada, porque embora não houvesse o pinga-pinga de lágrimas, os risos também não apareciam em seu lugar. As pessoas ao seu redor tentavam animá-la a todo custo por acharem que ela precisava ficar feliz, ainda que fosse só por vinte e quatro horas. Tatiana nunca entendeu por que seu jeito desanimado incomodava tanta gente, se no fim das contas não fazia mal a ninguém. Mas parou para refletir e chegou à conclusão de que as pessoas não suportam ver que alguém não está sorrindo porque se lembram das próprias tristezas.

Os amigos decidiram fazer uma festa, daquelas em que todo mundo está mais preocupado consigo mesmo do que com a diversão da pessoa para quem a comemoração foi feita. Compraram comidas de que ela não gostava e convidaram gente que ela nem conhecia. Quando Tatiana soube o que estavam planejando, sorriu e gostou da ideia, mas não conseguiu dar pulos de alegria porque sente vergonha de frequentar qualquer lugar com mais de quatro pessoas.

No meio do dia, um amigo ligou e lhe disse a hora e o lugar onde deveria estar. E lá foi ela: contente, morrendo de vergonha, e doida para conseguir demonstrar a alegria discreta que sentia por encontrar todos que queriam vê-la.

Quando chegou no local, todo mundo estava animado demais, alguns pareciam até que tinham tido a ajuda de alguma bebida para achar tanta animação. Ela sorria, abraçava, servia desajeitadamente uns drinks, perguntava dos filhos dos amigos e sobre o trabalho dos desconhecidos, mostrava fotos dos seus cachorros magricelos e orelhudos, mas parecia que o povo queria mais, queriam alguma coisa que ela não tinha para dar.

"Porra, Tatiana, te anima", foi o que ouviu a noite inteira.

Ela se perguntava que caceta de animação era essa que eles tanto queriam, porque estava mais simpática do que ex-Big Brother quando vê o repórter do TV Fama. Ela não estava triste e estava curtindo tudo. A coitada se esforçava para ser alguém que não era desde o ensino médio, mas para eles não estava bom. Olhava para aquelas pessoas e começava a se sentir encurralada, estava sendo empurrada para um abismo, o abismo da alegria excessiva.

Entre gritos e palmas sem fim, assoprou as velas, se sentindo ridícula por fazer um pedido. Ainda estava mentalizando o que queria quando puxaram seu braço e a obrigaram a tirar mais fotos. Tatiana ficou indignada porque estava pedindo algo muito especial. Emburrada, encontrou uma forma de se vingar de todos que tinham feito aquilo com ela: falou que não queria saber de foto. E não tirou mais nenhuma. Na mesma hora se arrependeu da tromba que tinha amarrado, porque gente que nunca briga quando inventa de brigar se arrepende logo da graça. Com um nó de arrependimento na garganta e o rosto pegando fogo, ficou parada atrás da mesa do bolo, pensando no que faria para quebrar aquele gelo que ela mesma tinha acabado de criar.

Viu uma garrafa de vinho quase cheia do lado de uns pasteizinhos. Encheu uma taça até a borda e bebeu seu conteúdo rapidamente. Esquentou até os ouvidos. Encheu outra e foi tomar na varanda. Deixou a taça cair de propósito para chamar a atenção. Quando todos viraram e olharam em sua direção, começou a desabotoar a camisa. Ninguém deu muita trela porque acharam que pararia no terceiro botão. Mas não parou. Ela não conseguia parar. Abriu a camisa toda, tirou-a completamente e jogou a peça pela janela. Todos ficaram assustados e paralisados, mas ninguém pensou em detê-la, acho que gostaram de ver seu sutiã novo.

Abriu o zíper da calça, ficou só de lingerie e começou a dançar sozinha. Uma onda de espontaneidade e desinibição tomou conta dela. Esfregou as costas na parede e saiu rastejando feito uma tigresa louca na direção dos convidados que olhavam para ela, apavorados.

Abraçou quem estava em pé e sentou-se no colo dos que cochilavam no sofá. Agora ninguém mais cochilava, todos acordaram, todos se acotovelavam, todos abismados. Beijou na boca de quem veio lhe pedir para parar, mordeu a orelha de quem lhe trouxe uma roupa, e quando quiseram levá-la embora, ela disse não.

— Não vou! Agora tô superanimada, tô do jeito que vocês queriam. Tá bom pra vocês assim?

— Você tá doida, Tatiana?

— Eu não. Tô feliz e animada!

Ninguém aguentava vê-la assim: quase nua e totalmente feliz. Ela era a materialização excessiva do que eles queriam, e estava disposta a dar tudo o que tanto pediam, mas fugiram dela e da sua animação desmedida. Ficaram constrangidos porque ninguém suporta ver uma felicidade maior do que a sua, e não há nada mais incômodo do que alguém exageradamente feliz. Todos pegaram suas bolsas, suas chaves e foram desanimados para suas casas. Tatiana ficou sozinha, feliz, de calcinha e sutiã na casa de um amigo, catando os cacos da taça e da própria euforia. Quando o último convidado saiu pela porta, ela olhou para a bagunça da casa vazia e tentou assimilar o que tinha acontecido. Mas a única coisa que conseguiu entender naquela noite é que a felicidade é obscena.

O FIM DAS COISAS

Edith tem um emprego, pelo menos até hoje, alguns amigos que acumulou ao longo dos anos, uma família que quase nunca lhe pede dinheiro e um guarda-roupa abarrotado de peças das quais ela só usa a metade. Não se pode dizer que é infeliz, mas também não é alguém completamente conformada com o que tem, é uma insatisfeita resignada que adora falar bem da própria vida para tentar se convencer de que ela é realmente muito boa.

Sempre que demora a se convencer de que é feliz, inventa uma programação para fazer, algo que precise de dinheiro e de sair de casa. Escolhe o figurino antes mesmo de saber para onde vai, tem essa mania de flertar com o além.

Abre a porta do armário e começa a procurar um modelo para usar. Depois de alguns minutos, cansa-se da tentativa de se conectar com alguma mensagem subliminar e senta-se em frente ao computador. Precisa decidir o que vai fazer naquela noite de sábado. Não tem muita opção porque sozinha só vai ao cinema ou ao teatro. Restaurantes, bares e motéis não estão na sua lista. Fica rolando o dedo no mouse olhando para o catálogo de apresentações para aquele fim de semana e não sabe se escolhe comédia ou drama.

Depois de ler muitas sinopses, opta pela que tem o melhor título e o menor tempo de duração. Sabe que pouco importa a escolha, depois de quarenta minutos fica entediada e sai de fininho da sala.

Através da tela do computador, observa todo o espaço e procura pelas saídas. Não que ela tenha medo de um incêndio, na verdade gosta de sentar-se perto das portas para poder fugir quando o sono e o tédio batem. Dessa vez não teve tanta sorte, só tinha lugar nas cadeiras do meio. Escolheu de forma aleatória, talvez conseguisse aguentar firme até o fim por ser comédia e o protagonista, um galã simpático.

Volta a abrir o armário e continua sua missão de escolher um traje para uma noite solitária. Enquanto mexe nos tecidos empoeirados e espirra sem parar, dá de cara com uma blusa branca espremida entre vestidos e blazers. Uma camisa velha, não pelo tempo, mas pelo abandono. Continua bonita, mesmo amassada. Puxa o cabide e observa cada detalhe, tentando lembrar onde a havia comprado.

Foi uma das mais caras, e antes de pagar pela vestimenta, a cobiçava diariamente no caminho para o trabalho, estava exposta na vitrine da boutique mais chique da cidade. Quando a comprou, mal podia acreditar, usava sempre que tinha a oportunidade, lavava com cuidado e guardava separada de tudo o que não era tão estimado quanto ela. Agora, aquela que um dia fora tão especial, estava amassada, amarelada e abandonada.

Edith sente pena da camisa. Como é triste o fim das suas coisas. Todas terminam da mesma forma: esquecidas e jogadas em um canto qualquer. Ela percebe que a necessidade de um fluxo contínuo de novidades é uma espécie de vício do qual está convencida de padecer.

O buraco que se abre no peito meses depois de conseguir realizar uma vontade é cada vez maior e parece nunca ter fim. Ela está adaptada a essa montanha-russa de adrenalina e marasmo porque sabe que o desinteresse é o fim inevitável de tudo aquilo que um dia foi seu desejo. Nada que conquista a encanta por um longo período de tempo. Foi assim com a faculdade, empregos e relacionamentos. Para Edith, pior do que o sofrimento de não ter o que anseia é a própria realização do desejo, porque, depois disso, a euforia que toma conta dela se transforma em enfado.

Sacode a blusa e depois de uma série de três espirros, a experimenta. Ela tenta gostar daquilo que um dia apreciou, mas acha péssimo o caimento, a textura, e principalmente o cheiro de bolor e ácaro. Contudo, está decidida a valorizar a camisa novamente, e resolve usá-la assim mesmo, depois de desamassá-la e espirrar nela umas gotas de perfume.

Procura pelo ferro de passar. Encontra-o embaixo da pia. Liga-o na tomada e um cheiro de barata invade toda a cozinha. Faz muitas dobras na toalha da mesa e por cima dela estica a camisa. Começa a deslizar o ferro, e, enquanto desamassa um lado, o outro se enruga inteiro. Quando termina, olha para aquele pedaço branco de pano e lhe vem a lembrança de quando começou a passar suas próprias roupas. Tudo começou nos estágios da faculdade. Toda vez que sente aquele cheiro de calor e barata se lembra das manhãs em que acordava cedo para se arrumar e saía de casa parecendo um pastor desnutrido com sua roupa de alfaiataria.

Sempre que conta a respeito da sua trajetória acadêmica, inventa que teve uma experiência maravilhosa, que foi na universidade que se tornou independente, responsável e fez grandes amigos. Tudo mentira para não ser diferente dos graduados bem resolvidos e apaixonados pela profissão que dizem sentirem falta da época de estudante.

De fato, nos primeiros dias de aula, Edith amava tudo, desde as lixeiras até os avisos pendurados sobre o bebedouro. Acordava motivada e não sentia raiva de ninguém, o que era um grande sinal da sua plenitude. Mas em pouco tempo estava cansada, em dúvida, entediada. Nada a incomodava mais do que aquele lugar. Não só o lugar, as pessoas, os livros, o funcionário da biblioteca, os sabores de suco da cantina.

A motivação dera lugar ao desinteresse e à angústia. Sentia-se como um apaixonado que, do dia para a noite, enjoa do seu amor e foge para bem longe, só que ela não podia fugir e, mesmo desejando esmurrar paredes e pessoas, se formou.

Depois de quatro anos, sentiu a mesma serenidade do início no instante em que jogou o capelo para cima. O problema é que essa paz durou até o objeto cair no chão, porque agora precisaria de um emprego.

O sonho de iniciar a carreira como âncora de telejornal deu lugar ao cargo de repórter de um programa de festas locais.

Era obrigada a escovar o cabelo e a usar saltos para entrevistar a *high society* em uma versão fajuta de Amaury Jr.

A cada entrevista, tentava parecer interessada no que os convidados diziam, inclusive no dia em que cobriu a inauguração de uma granja e precisou andar por horas com o dono do empreendimento, enquanto sentia o cheiro de ovo podre. Fingia gostar do emprego porque pensava no salário, que era muito bom para alguém que até pouco tempo era sustentada pela família.

Coloca a camisa malpassada sobre a cama e começa a se arrumar. Abre a bolsa que usa para ir trabalhar e puxa a carteira. Junto com ela vem um crachá. Nele está escrito em letras pequenas: Edith Viana, apresentadora de jornal. Olha para a sua foto três por quatro e fica orgulhosa de não estar tão feia. Sente mais orgulho da aparência quase bonita do que da função que exerce na emissora.

Já está há mais de três anos como âncora de telejornal e, embora tenha o cargo que sempre quis, ele já não a entusiasma mais. Ela nem pode dizer que está chateada com alguém da redação, ou que detesta qualquer coisa daquele ambiente, mas sabe muito bem que não sente nada parecido com empolgação.

Mesmo assim, não tem do que reclamar, seu ofício não lhe faz feliz, tampouco a deprime, apenas exerce a função de qualquer emprego, que é ocupar os dias da semana para que os feriados, sábados e domingos façam algum sentido.

***

Ele se veste com a animação de quem se prepara para passar por uma cirurgia. Com medo e um certo arrependimento. Edgar se arruma para um encontro que marcou pela internet. Está completamente desanimado, mas convicto de que deve ir. Toma banho e escolhe um traje folgado porque sabe que, de desconforto já basta o que vai passar no encontro. Escova os dentes, afinal não quer ser lembrado por ter bafo.

Edgar nem lembra da última vez em que sentiu entusiasmo. Talvez nunca tenha sentido. Nada lhe dá vontade de sair da cama, além do seu despertador escandaloso e da necessidade de se sustentar. Ele não está deprimido. Esse é o seu estado letárgico natural em que nada o tira do sério e ao mesmo tempo tudo o aborrece profundamente. Tem uma fúria encubada que só sai quando fica bêbado e vomita sozinho na pia do banheiro os restos de comida e de reclamação armazenados ao longo do dia.

Apesar da cara de preguiça que tem, Edgar é muito produtivo. Talvez seja isso, produz tanto que vive cansado. Passa dez horas diárias gerindo pessoas, ouvindo reclamações, pedidos de aumento, relatos de assédio. Não sobra tempo para saber se gosta ou não do que faz, e continua trabalhando com essa eterna dúvida.

Toda vez em que chega tarde do serviço, faz um chá de camomila e o coloca no copo com bastante gelo enquanto espalha roupas pela casa. Balança o copo para ouvir o barulho dos cubos rodando em meio à bebida. Depois que sai do escritório, o seu trabalho lhe parece tão bom. Após beber todo o chá, abre a geladeira e fica lá dentro procurando qualquer coisa embalada em um papel filme para comer. Quando chega em casa, já não sente mais desânimo porque esse sentimento fica para trás depois que cruza a porta da empresa.

Edgar vive nessa corda bamba, entre o cansaço e a resignação. Tem uma crise existencial a cada quinze dias e quando isso acontece manda mensagens para todas as pessoas que ele julga sofrerem das mesmas angústias; nessas horas, ouvir as desgraças alheias ajuda a encarar as suas próprias. Detesta os colegas do trabalho, mas depois que o expediente acaba, tem a certeza de que pode conviver com eles por décadas se for preciso, só precisa dos fins de semana, dos feriados e das férias para seguir em frente.

Edgar é uma espécie de intérprete, um quase ator frustrado. Chegou a ter aulas de artes cênicas na faculdade, mas achou aquilo negócio de maluco, ninguém ali dizia coisa com coisa. No começo até tentou ir na onda, mas não rolou, a galera era meio biruta e ele era um maluco normal. A sua doidice é moderada.

Tem o hábito de falar sozinho. Dá entrevista por horas enquanto faz a barba ou prepara o café da manhã. Conversa com as paredes, ri. Às vezes fica indiferente, sem demonstrar interesse pelo entrevistador imaginário. E assim Edgar vai seguindo, alternando-se entre crises, fins de semanas, férias e feriados.

Não que ele não experimente a angústia nos dias livres, talvez tenha até mais, porque, quando surge um descanso fica culpado. Sente o remorso de quem se acostumou a sofrer, a se desgastar, de quem não sabe lidar com a ausência de preocupação e a presença de tempo ocioso.

Edgar está quase pronto. Aperta o cinto da calça frouxa, amarra os cadarços e sai para mais um encontro sem nenhuma animação, nenhum frio na barriga ou qualquer expectativa. Mesmo assim, se sente feliz por ter conseguido sair de casa. A lua está bonita, a brisa, agradável. Pensa que só por isso já valeu a pena e decide ser paciente com a moça. Dessa vez não vai perguntar qual livro está lendo, ou a quais petições on-line ela assinou nos últimos tempos. Talvez fale de séries, de academia, dieta *low-carb*, mesmo sem saber muito a respeito, porque ninguém sabe muito sobre nada mesmo.

Chega na porta do restaurante e já percebe que está atrasado, a moça está sentada mexendo no celular. Ele entra e toca no ombro dela, que se atrapalha e não sabe se levanta ou espera ele se sentar. Ele também não sabe se deve abaixar-se e abraçá-la ou puxar logo uma cadeira e se acomodar. Ela quase se levanta e ele se abaixa um pouco e fazem alguma coisa parecida com um abraço que, para quem via de longe, parecia mais um acidente.

Depois do quase abraço, Edgar fica bem de frente para ela e a acha mais bonita que na foto. Fica aliviado. Havia pensado que a aparência dela poderia assustá-lo. Antes fosse isso. Tudo vai bem até Edgar ficar com a impressão de estar conversando com alguém de doze anos. A garota parece ter sérios problemas cognitivos, mas não tem. É só falta de leitura, de conversa e excesso de internet e papos virtuais. Ele não se importa muito, sabia desde o início que poderia ser assim. Toma seu vinho para não perder a viagem e se faz de interessado para não a traumatizar.

Quando tudo está com cara de fim de papo, eles combinam de irem se falando por mensagens, talvez um cinema, ele sugere. Ela, muito esperta, não se convence de que vão se ver novamente e na hora de se despedir, tenta beijá-lo. Ele a abraça e diz que fica para a próxima. Ambos sabem que a próxima à qual ele se refere é a encarnação.

Cada um vai para o seu lado e, apesar de dizerem o contrário, sabem muito bem o que acontecerá a partir daquela noite. Não mandarão mensagens um para o outro, depois de alguns dias apagarão seus contatos telefônicos e continuarão suas buscas por novas pessoas.

Mesmo estando aliviado por estar sem companhia, na volta para casa, Edgar pensa bem e desiste de ficar sozinho. Dá meia volta e vai para seu teatro favorito sem nem saber qual montagem está sendo exibida. Ele não espera um grande espetáculo, sua expectativa está tão baixa quanto a do encontro.

Chega na bilheteria e compra o ingresso para aquele horário. Entra na sala e procura seu assento: D7. Um bom lugar por sinal. Já sentado, lê a sinopse no folheto que recebeu na entrada. É uma comédia, graças a Deus, porque ele não está em um bom dia para diálogos que exijam muita concentração nem para enredos difíceis de compreender.

O primeiro sinal para o fechamento das portas toca e alguém apressado entra no teatro e vai até a fila D em busca de seu assento, o D8. Edgar percebe que a moça afobada está vindo em sua direção, e logo recolhe as longas pernas para que ela passe. Mesmo andando nas pontas dos pés, ela não consegue evitar que sua bolsa esbarre no rosto dele.

A encenação começa e Edgar não consegue deixar de observar a espectadora atrasada. Ela é séria, mas sabe sorrir como ninguém, às vezes gargalha a ponto de se sacudir inteira na poltrona, em outras, aperta o nariz e abaixa a cabeça para que ninguém a veja sorrindo nos momentos sérios que a apresentação tem.

Edgar olha rapidamente para a roupa dela e acha que, diferentemente dele, ela não vinha de um encontro. Usa uma blusa branca com manchas amarelas, e, embora seja sábado, veste-se com a leveza e a melancolia de um domingo. Edgar inclina o corpo para o lado dela como se estivesse cansado e sente um cheiro de mofo e manteiga, na mesma hora retorna para o centro da cadeira e se arrepende de não ter comido pipoca antes de entrar na sala.

Edgar quer olhar para ela de verdade, ver o rosto, o corpo, o cabelo. Quanto mais a observa com sua visão periférica, mais instigado fica. Esquece até de rir, perde o fio da meada porque encontra algo mais interessante para fazer: imaginar o rosto da mulher atrasada.

A cortina se fecha, o público levanta-se e os aplausos ecoam na sala. A mulher sorri e aplaude, Edgar finge olhar para o lado para vê-la de frente. Ela sorrir sem graça pelo esbarrão da bolsa mais cedo, e não consegue deixar de notar na beleza de Edgar. Uma beleza discreta de quem não é feio. Está arrumado, talvez venha de um encontro, pensa ela. Parados, ambos esperam para saírem. Um não quer se afastar do outro e ficam embromando na porta, deixando todos passarem como se fossem muito gentis. Depois que a sala fica quase vazia, Edgar resolve falar entusiasmado:

— Muito boa a peça!

Ela responde:

— Sim. Muito mesmo!

"Será que fui invasivo? ", pensa ele. E ela lamenta ter dito apenas três palavras como resposta. Quando não há mais nada a fazer a não ser sair da sala, eles vão seguindo na mesma direção sem dizer uma palavra. Ela atrás, teme que ele não a espere, e tudo o que ele mais quer é que ela ainda esteja na direção das suas costas. Não se sabe quem está seguindo quem, mas ninguém muda de rumo, é uma perseguição autorizada.

Na porta do teatro, ficam lado a lado e saem quase juntos numa sincronia que parecia ensaiada. Atravessam a rua e seguem um o caminho do outro, olham para os lados para tentar amenizar a mudez que os ataca. Caminham conscientes de que estão indo na direção completamente oposta à que deveriam tomar, mas se existe táxi na cidade, não havia mal nenhum em andar sem rumo porque nenhum deles queria fazer o trajeto de sempre.

Depois de um longo percurso calados, começam a falar da peça, do teatro, da falta de educação do público e do mal que assola alguns espectadores do mundo inteiro: a tosse. Percebem que basta um tossir para que todos em coro ajudem o enfermo. Seria contagioso? Gargalham.

Depois de rirem juntos, Edgar sente que tem intimidade suficiente para dizer seu nome:

— Edgar, muito prazer.

Com um lindo sorriso de dentes levemente tortos, ela estende a mão e diz:

— Prazer, Edgar. Eu sou Edith.

Edgar aperta a mão macia e amanteigada que ela tem, e novamente sente vontade de comer pipoca. Eles vão andando, falando pouco e rindo muito, seguem na direção não sei do quê, torcendo para que o fim da rua nunca chegue.

AGRADECIMENTOS

Á editora Ana Duarte e a todos que me ajudaram, das mais diferentes formas, a tornar esse livro real: Amanda Branches, Camila Millena, Jaci Chagas, Larissa Campos, Matteos Moreno e Nicolle Nogueira.

- editoraletramento
- editoraletramento
- grupoletramento

- editoraletramento.com.br
- company/grupoeditorialletramento
- contato@editoraletramento.com.br

- casadodireito.com
- casadodireitoed
- casadodireito